DROEMER

SOPHIA VON DAHLWITZ

Die Kunst und das Glück eines Sommers

Ein Paula-Modersohn-Becker-Roman

DROEMER

Besuchen Sie uns im Internet:
www.droemer.de

FSC
www.fsc.org
MIX
Papier aus verantwortungsvollen Quellen
FSC® C083411

Ein Imprint der Verlagsgruppe
Droemer Knaur GmbH & Co. KG, München

Redaktion: Silvia Kuttny-Walser
Covergestaltung: ZERO Werbeagentur, München
Coverabbildung: © arcangel/Susan Fox;
Shutterstock.com/ppart
Satz: Adobe InDesign im Verlag
Druck und Bindung: CPI books GmbH, Leck
ISBN 978-3-426-28222-9

2 4 5 3 1

Teil 1

Worpswede, September 1900

1

Was ist?«, fragte Clara.

Ein Krümel Schwarzbrot klebte an ihrem linken Mundwinkel, und Paula konzentrierte sich auf dieses winzige Detail. Fast wie ein ausgefranstes Muttermal, dachte sie. Schließlich biss Clara noch einmal von ihrem Brot ab und leckte sich die Lippen. Der Krümel fiel, von Paulas Blick verfolgt und von Clara unbemerkt, zurück auf den Teller.

Paula fixierte ihn dort ein paar Sekunden lang, dann sah sie wieder Clara an.

»Was ist?«, wiederholte Clara, diesmal mit fast besorgter Stimme.

»Es ist nichts«, antwortete Paula schließlich und bemühte sich um ein Lächeln, das ein wenig schief ausfiel und Clara nicht wirklich beruhigte.

»Das stimmt doch nicht«, sagte sie.

Sie frühstückten heute draußen auf der kleinen Grünfläche, die sich vor Paula Beckers vorübergehendem Domizil befand. Ihren ein wenig wackeligen Holztisch hatte die Tochter von Paulas Wirtsleuten für drei Personen gedeckt, aber Rilke war nicht erschienen, und so hatten die beiden jungen Frauen ohne ihn angefangen.

»Paula?«

»Clara?«

»Ich bleibe dabei, du bist heute irgendwie seltsam. Geistesabwesend.«

»Das bildest du dir ein.«

So war Paula. Offen und heiter oder verschlossen und missmutig, dazwischen gab es nichts. Clara Westhoff legte ihre mit Butter und Sauerkirschmarmelade bestrichene Brotscheibe aus der Hand. Ohnehin hatte sie keinen Hunger mehr.

Es war elf Uhr vormittags, die Sonne schien nach ein paar finsteren Regentagen warm und schön von einem fast wolkenlosen, blassblauen Himmel, und normalerweise war Paula bei einer solchen Wetterlage in bester Stimmung. Aber nicht heute.

»Dein Vater hat geschrieben«, riet Clara.

»Mein Vater? Nein.«

Clara drückte das Kinn an die Brust und zitierte mit tiefer, sonorer Stimme: »Ich kann es nicht billigen, dass du dich wieder in neue Ausgaben stürzt! Meiner Ansicht nach musst du dich um eine Stelle bemühen! Also überlege dir die Sache, und lebe nicht in den Tag hinein!«

Paula kicherte nun doch, wenn auch hinter vorgehaltener Hand. Ihr lockerer Haarknoten löste sich ein wenig, und eine blonde Strähne fiel ihr ins Gesicht, was ihr etwas Verwegenes verlieh. Dadurch ermutigt machte Clara weiter: »Deinen Reden glaube ich entnehmen zu können, dass du im Herbst wieder nach Paris reisen möchtest, doch sehe ich in finanzieller Hinsicht keine Möglichkeit dazu, und …«

»Schon gut«, sagte Paula, plötzlich wieder ernst, fast streng. »Es ist nicht mein Vater. Oder eigentlich doch, aber nicht nur.«

»Was denn dann, meine Süße?«

»Ich kann jetzt nicht darüber sprechen.«

»Warum?«

»Nun …«

»Sag es mir!«

»Ich weiß nicht.«

»Bitte!«

»Gut. Aber du darfst es niemandem erzählen. Das ist wirklich wichtig.«

»Natürlich nicht!«

»Ich kann nicht länger in der Pension wohnen, das Geld reicht nicht. Ich ziehe in mein Atelier bei Brünjes.«

»Aber dort ist es so eng und klein! Und du hast dann gar keinen Platz mehr zum Malen!«

»Das schaffe ich schon. Ich brauche ja nicht viel.«

»Und? Das war aber noch nicht alles, oder?«

Paula schüttelte den Kopf und nahm einen Schluck Kaffee. Dann beugte sie sich vor und wollte ihre Stimme konspirativ senken, als plötzlich das Gartentürchen quietschte.

»Rainer«, seufzte Clara, lehnte sich zurück und verschränkte unwillkürlich die Arme, enttäuscht über entgangene Geheimnisse.

»Schau ihn dir nur an«, murmelte Paula.

Rilke erschien in seinem üblichen extravaganten Aufzug. Er trug ein grünes russisches Bauernhemd, eine schwarze Hose und darüber rote Lederstiefel, und er zelebrierte im Rahmen der Möglichkeiten – ein verwilderter Garten mit mehreren zum Teil bereits abgeernteten Obstbäumen war keine wirklich glanzvolle Bühne – einen reichlich prätentiösen Auftritt, den er allerdings keineswegs als solchen beabsichtigte. Er selbst empfand sich als einfachen, geradezu schlichten Menschen, der lediglich vom Schicksal mit einer Form der Genialität geschlagen war, die ihn zwang, andauernd auf allerhöchster Ebene produktiv zu sein, obwohl er sich viel lieber den entspannten Freuden unkomplizierterer Zeitgenossen hingegeben hätte. Und das glaubte er auch auszustrahlen: Bescheidenheit und Geradlinigkeit, zumindest jedoch die Sehnsucht danach.

Tatsächlich wirkte er ausgesprochen geziert.

So auch jetzt, als er sich unter vielen Entschuldigungen und ungebetenen Erklärungen auf dem ihm zugedachten Platz niederließ und die Lippen schürzte, als er das hübsch angerichtete, aber nicht gerade fürstliche Frühstück musterte.

»Schwarzbrot«, seufzte er, wissend, dass sein anspruchsvoller Magen derart bodenständige Kost nicht vertragen würde.

»O nein«, sagte Paula lächelnd, »wir haben natürlich auch Weißbrot, extra für dich beim Bäcker bestellt. Und echten Schwarzwälder Schinken.«

»Köstlich, Sie sind ein Engel. Sie wissen, meine Konstitution …«

»Waren wir nicht schon beim Du, lieber Rainer? Man sollte sich nur noch in Briefen siezen!«, befand Paula, woraufhin Rilke errötete wie ein junges Mädchen und sich erneut entschuldigte, weil er mit den lockeren Sitten Worpswedes noch nicht wirklich vertraut sei.

»Oh, so locker sind sie gar nicht, das täuscht«, sagte Paula, weigerte sich aber trotz neugieriger Nachfrage, näher zu erklären, was sie damit meinte, und so wechselten sie nach einigem Hin und Her das Thema und unterhielten sich ganz allgemein über Worpswede, die das Dorf umgebende wundervolle, geradezu magische Landschaft und die lustigen Abende im Barkenhoff, wo der im Wesen eigentlich so schüchterne Heinrich Vogeler immer wieder neue interessante Gäste bewirtete, um sich dann, sobald es zu ausgelassen wurde, zurückzuziehen.

»Ich verstehe ihn so gut«, sagte Rilke.

»Das glaube ich«, sagte Paula. »Ihr seid verwandte Seelen.«

»Das stimmt!«, rief Rilke und sah Paula schwärmerisch an. Ihr Gesicht war wie eine Landschaft, dachte er, unscheinbar und beinahe hässlich bei verhangenem Wetter, doch zum Niederknien anziehend, wenn die Sonne sich schließlich durch Regenwolken kämpfte – so wie jetzt.

Schließlich entwickelte sich eine lebhafte Diskussion über den Unterschied zwischen »Schreiberlingen«, wie sich Rilke gewollt verächtlich selbst titulierte, und Künstlern wie Paula, Clara, Heinrich oder Otto, deren Blick auf die Welt so viel unmittelbarer und ehrlicher war.

»Der Zugang mag unterschiedlich sein, doch du solltest beides nicht gegeneinander aufrechnen«, sagte Paula. »Jedes – ob Literatur oder Malerei – hat doch seine eigene Schönheit, und beide sind Interpretationen der Realität, jedoch nie ein Eins-zu-eins-Abbild der Wirklichkeit.« Clara stimmte ihr zu, doch Rilke widersprach ihnen fast vehement. So verlief der Vormittag, ging langsam in den Mittag und schließlich in den Nachmittag über, und dann verabschiedete sich Clara, Rilke jedoch nicht.

Es entstand eine kleine Pause. Seit Rilkes Ankunft vor einer Woche waren sie noch nie miteinander allein gewesen.

»Otto hat mir erzählt …«, begann Rilke.

»Otto?« Paula dachte an das Schreiben an ihn, das sie heute eigentlich hatte verfassen wollen, und wurde angesichts der Tageszeit ein wenig nervös. Sie war nämlich sozusagen im Rückstand – Otto hatte in den letzten Tagen zwei ausführliche und leidenschaftliche Briefe in ihrem gemeinsamen Versteck deponiert, insofern wäre längst sie an der Reihe gewesen. Doch ihr wollte gerade gar nichts einfallen, keine Gefühle und keine Gedanken, die sie nicht schon mehrmals in unterschiedlichen Worten ausgedrückt hatte, und es gab noch ein paar andere Gründe, weshalb sie gerade überhaupt keine Lust hatte, sich mit Ottos Person zu befassen.

»Ja, er berichtete, dass Sie …«

»Du!«

»… *du* längere Zeit in Paris warst.«

»Ja, mehrere Monate lang. Und nun wirst du mich fragen, wie ich es nach Paris hier in der Einsamkeit aushalte.«

»O nein. Nein. Ich bin ja selbst so glücklich hier, in diesem in Gärten verlorenen Giebelhaus, ich erfreue mich an seinen Blumen, an dem Alleinsein inmitten der Natur, das eine gewisse Tiefe der Gedanken erst ermöglicht.« Nicht zum ersten Mal fiel Paula auf, dass es Rilke auf sehr charmante Weise stets gelang, das Gespräch zwar mit einer Frage an sein Gegenüber zu beginnen, doch anschließend die Aufmerksamkeit geschwind auf sich zu lenken.

»Mit dem in Gärten verlorenen Giebelhaus meinst du den Barkenhoff?«, erkundigte sie sich.

»Nun ja, nicht nur. Es ist alles hier reine Poesie. Ein großes Glück, eine seelische Heimat.«

Rilke schwieg nun und sah Paula wieder unverwandt an, und sie bemerkte nicht zum ersten Mal den schönen Schwung seiner Lippen, überhaupt eine Ebenmäßigkeit der Züge, eine Harmonie, die fast etwas Feminines hatte, wogegen der Blick, der auf ihr ruhte, sich eindeutig männlich anfühlte.

Vielleicht sollte sie ihn malen?

Ob er ihr Modell sitzen würde? Dann hätte sie ihn viele Stunden ganz für sich.

Sie musste lächeln über diese ein wenig verbotene Idee und senkte die Augen. Der ausstehende Brief an Otto war fürs Erste vergessen.

»Wollen wir einen Spaziergang machen?«, fragte sie, als das Schweigen lastend wurde und sie befangen zu machen drohte.

»Gern«, sagte Rilke freundlich, seinerseits nicht im Geringsten verlegen, und bot ihr seinen Arm.

Und während er das quietschende Gartentürchen öffnete und Paula vorangehen ließ, räumte Anne, die Tochter der Wirtsleute, das von Essensresten hoffnungslos verklebte Geschirr auf ein großes Tablett. Dann setzte sie sich ganz kurz auf einen Stuhl, denn ihr Arbeitstag hatte um sechs Uhr morgens begonnen und war noch längst nicht beendet. Ohne es zu merken, seufzte sie leise, als sie dem Fräulein Becker und dem Herrn Rilke über dem windschiefen Lattenzaun nachsah, wie sie – so kam es Anne jedenfalls vor – in jeder Hinsicht unbeschwert der orangefarbenen Nachmittagssonne entgegenschlenderten.

2

Zwei Abende später traten die drei Gründer der Künstlerkolonie, Otto Modersohn, Heinrich Vogeler und Fritz Mackensen, auf die Terrasse des Barkenhoffs. Zu ihnen gesellten sich Rainer Maria Rilke und noch einige andere männliche Besucher und sahen über die elegant geschwungene Freitreppe auf den von Fackeln erhellten Park hinab.

Sie nippten an ihren Cognacs, zogen an ihren Tonpfeifen und scherzten auf jene ein wenig grobe Weise, die Rilke immer verstummen ließ, weil er eine langjährige freundschaftliche Verbundenheit fühlte, die ihn selbst ausschloss, und er überdies typische Männergespräche hasste. Nichts fand er schlimmer als erotische Anspielungen und nachfolgendes dreckiges Gelächter, das schlimmstenfalls in trunkenes, enthemmtes Gegröle mündete.

Also verschwand er unauffällig aus der milden, rauchgeschwängerten Nachtluft wieder ins Esszimmer des Barkenhoffs, wo die jungen Frauen unter dem Kristalllüster beim Himbeerlikör saßen.

Als er hineinkam, fiel sein Blick als Erstes auf Paula, die heute ein lose fallendes Batistgewand trug, so leuchtend weiß wie der Außenanstrich der Villa Barkenhoff. Sie wirkte vollkommen entspannt und glücklich, während um sie herum gesprochen und gelacht wurde, und Rilke spürte eine eigenartig tröstliche Ruhe, wie fast immer in ihrer Gegenwart, und selbst dann, wenn andere Menschen ihre Aufmerksamkeit forderten.

Er setzte sich neben sie, und augenblicklich ging es ihm so gut, dass er in einer glückseligen Anwandlung am liebsten seinen Kopf in ihren Schoß gelegt hätte. Im letzten Moment riss er sich zusammen – was würde Lou sagen, wenn sie ihn so würdelos sehen könnte!

Andererseits war Lou Andreas-Salomé Vergangenheit.

Einen Moment lang dachte er an ihre Russlandreise zurück, die so fatal geendet hatte, ohne dass er genau sagen konnte, weshalb ihn Lou so gnadenlos verstoßen hatte, auf ihre sachliche, freundliche, aber unnachgiebige Art. Seine Stirn schien sich – wie immer, wenn er ernsthaft ins Grübeln geriet – von innen zusammenzuziehen wie eine verschrumpelnde Zitrone, als ihn die Erinnerung an eines ihrer letzten Gespräche in Moskau förmlich überfiel.

»Ich will dich heiraten«, hatte er gesagt, während Lou gerade dabei war, sich für ein Diner mit der Familie ihres Cousins umzuziehen und sich zwischen einem roten und einem dunkelblauen Kleid nicht entscheiden konnte. Weswegen – Rilke sah sie vor sich, hätte sie bis ins Detail beschreiben können – beide Gewänder schlapp und wie tot auf dem Bett lagen und Lou sich im Korsett an den beleuchteten Schminktisch setzte.

»Ich bin verheiratet, Rainer«, hatte sie entgegnet und dabei in dem goldgerahmten Spiegel entnervt an ihm vorbeigesehen, denn diese ergebnislose Diskussion führten sie ja nicht zum ersten Mal.

»Das ist eine Scheinehe: Du hast deinen Mann seit Monaten nicht gesehen, ihr lebt wie Bruder und Schwester, euch verbindet gar nichts. Du hast ihn nur geheiratet, um Ruhe vor all deinen Verehrern zu haben.«

»Das ist eben nicht wahr, er ist ein guter Mann. Uns verbindet eine ganze Menge, aber das verstehst du nicht, obwohl ich es dir hundert Mal erklärt habe, so wie du übrigens so vieles in deinem grenzenlosen Egoismus nicht verstehst, weil du immer und immer nur dich selbst siehst.«

»Wie kannst du so etwas sagen? Alles passiert, wie du es willst, selbst diese Russlandreise geschah auf deine Veranlassung hin, ich bin wie ein Schoßhündchen, das du überallhin mitnimmst, ohne es wirklich wahrzunehmen ...«

»Und ich bin ein Stück Glas, das deine und nur deine Stimmungen reflektiert. Wenn du nicht gerade durch mich hindurchsiehst, als gäbe es mich gar nicht.«

»Das stimmt nicht!« Er stampfte zornig mit dem Fuß auf wie ein Kind und wusste genau, wie lächerlich er sich damit in ihren Augen machte, aber nun war es auch schon egal, und vielleicht hasste er sie ja auch im Grunde seines Herzens, wer wusste das schon? Vielleicht wollte er sie auch gar nicht mehr, genauso wenig wie sie ihn, vielleicht war es Zeit für einen sauberen Schnitt, nur wenn das so war, wollte natürlich er das Messer in der Hand halten, und stattdessen ...

»Aber natürlich, Rainer, genauso ist es. Du bist gefangen in dir selbst, in deinem eigenen kleinen Universum.« Lou bemalte nun in aller Seelenruhe die Lider mit einem theatralisch dicken Kholstrich und tupfte anschließend etwas Rouge auf die Wangen. »Und die Tatsache«, fuhr sie mit dieser entwaffnend unverschämten Gelassenheit fort, »dass dir nicht einmal auffällt, wie sich alles immer nur um dich dreht, zeigt mir, wie recht ich habe.«

Rilke spürte eine Berührung an der rechten Hand und zuckte zusammen. Es war Paula, die ihn aus seinen schwarzen Gedanken förmlich herausgerissen hatte, wofür er ihr sehr dankbar war. Er erinnerte sich an den gemeinsamen Spaziergang vor ein paar Tagen unter dem weiten blau-weißen Himmel, der sich in den Wasserläufen spiegelte, welche sich im schwarzen Torfmoor malerisch verzweigten – kein Wunder, dass sich die Künstler von dieser Landschaft berauschen ließen!

Anschließend hatte er sich in seinem Zimmer Formulierungen überlegt, die die langen Wolkenschatten bildlich einfangen sollten, vor allem aber die koboldhaften Windböen, die Paulas Frisur irgendwann völlig ruiniert hatten, bis ihr schmales, strahlendes Gesicht von einem zerzausten Heiligenschein umrahmt war.

Er lächelte versonnen, auf seine unwiderstehliche, aber auch immer ein bisschen mitleiderregende Art, die Paula einerseits anzog und andererseits reizte.

»Die Kohlrouladen waren etwas schwer, nicht wahr?«, fragte sie.

»Ich liebe schwere Kost«, antwortete Rilke. »Nur mein Magen rebelliert dagegen. Aber ich kriege ihn schon noch dazu, dass er meinen Regeln folgt statt ich seinen.«

»Du bist der König – mach dir deine Organe untertan!«

»So ist meine Einstellung, liebe Paula. Nur mein Magen hat das noch nicht gemerkt.«

»Das erfordert Konsequenz, lieber Rainer. Mein Innenleben gebärdet sich auch manchmal wie ein Haufen unfolgsamer Kinder. Da muss man streng sein.«

Rilke überlegte noch an einer schlagfertigen Antwort herum, da kamen schon die Herren zurück, umhüllt von einer müffelnden Wolke aus Tabakrauch und Cognac. Paula legte kurz die Hand auf Rilkes Schulter und spürte durch den Stoff der – leider etwas albernen – Russenbluse seine Körperwärme.

Sie zog die Hand hastig zurück, stand auf und lief zum Grammofon.

»Lasst uns tanzen«, rief sie, wissend, dass Rilke dieser Aufforderung auf gar keinen Fall folgen würde. Im Gegenteil: So wie sie ihn einschätzte, würde er sich sofort zurückziehen, das war ihr klar, aber auch ganz recht; irgendwie brachte sie die ganze Situation durcheinander, und das konnte sie gar nicht gebrauchen, wo sie sich doch ohnehin in einer mittelschweren künstlerischen Krise befand. *Wie dem auch immer sei,* dachte sie – eine Floskel, die ihr Vater häufig gebrauchte und die ihr eigentlich auf die Nerven ging –, jedenfalls ertrug sie Otto und Rainer gerade nicht im selben Raum.

Sie schaltete das Grammofon ein und setzte die Nadel auf die Platte, die ein amerikanischer Freund von Fritz im Frühjahr mitgebracht hatte. Es ertönte eine kratzige, aber mitreißende Polka, und eine knappe Minute später tanzten alle wild durcheinander, während sich Rilke in sein Zimmer im oberen Stockwerk zurückzog. Dort litt er eine halbe Stunde lang entsetzlich unter dem Lärmgemisch aus blechernen Trompeten und dumpfem Getrampel, vor allem aber unter dem grausig falschen Gesang, der sich aus dem Erdgeschoss hochschraubte und geradezu aggressiv in seine Gehörgänge zu bohren schien.

Dann schlief er wider Erwarten ein.

3

Am nächsten Morgen saß Paula übermüdet in ihrem Atelier beim Bauern Brünjes, einem niedrigen Raum, dessen Wände sie in den Farben des Himmels – die obere Hälfte türkis, die untere ultramarinblau – gestrichen hatte. Vor ihrer Staffelei hockte ein zehnjähriges Mädchen namens Marleen. Marleen hatte einen dicken, dunklen Zopf und ein kleines, sehr blasses Gesicht, unter dessen zarter Haut bläuliche Äderchen schimmerten. Sie war die Tochter des Torfbauern Jan Kruse und seiner Frau Anne und saß heute für ein geringes Entgelt den ersten Tag Modell. Paula stöhnte innerlich bei dem Gedanken, dass selbst dieser winzige Lohn eigentlich ihre Mittel überstieg.

Dann sah sie Marleen sehr genau an, während das Kind unbefangen und neugierig ihren Blick erwiderte. Eine Minute verging, in der Paula Marleen auf sich wirken ließ. Das verwaschene Blau des Leinenkleids, das sicher schon hundertmal auf dem Waschbrett geschrubbt worden war. Die weiße Haut, das sumpfbraune Haar, die graugrünen Augen in der Farbe von schmutzigem Gras, der violette Schatten in den Augenwinkeln wie ein aufziehendes Gewitter – all das fügte sich in Paula zu einer Komposition, die in ihrem Kopf schon fertig war, bevor sie überhaupt angefangen hatte, die erste Zeichnung zu erstellen. Ein Prozess, auf den sie sich immer verlassen konnte, und unter anderem deswegen malte sie auch; es war jene einzige Möglichkeit, das auszudrücken, was sie sah und fühlte, jenseits der objektiven Realität, die in ihren Augen etwas bedrängend Einseitiges hatte.

»Warum gucken Sie so?«, fragte Marleen. Sie hatte eine dünne, etwas gepresste Stimme und ein freches Grinsen. Die Zähne waren spitz wie bei einer Maus.

Paula lächelte zurück. »Wie gucke ich denn?«, erkundigte sie sich und begann, die ungefähre Form des Gesichts zu schraffieren.

»Na, so komisch und fremd. Als ob ich ein Affe wäre.«

»Ein Affe? Nein, wirklich nicht, du bist eine ganz Hübsche.«

»Finden Sie?«

»O ja. Sehr, sehr hübsch.«

»Wie soll ich mich hinsetzen?«

»Genau so.«

»Und dann muss ich so bleiben, und wir können nicht mehr reden, stimmt's?«

»Nein, das musst du nicht.«

»Aber das muss man doch immer.«

»Das musst du bei Herrn Mackensen. Warst du schon mal bei ihm?«

»Wer is 'n das?«

»Ein Kollege von mir, ein großer Blonder. »

»Ach, der Herr Fritz! Nä. Aber meine Omma war bei dem.«

»Und die hat das erzählt mit dem Stillsitzen, was?«

»Die musste an die Spindel ran und hat sich nicht bewegen dürfen. Und reden auch nicht. Danach hatte sie 'n lahmen Arm und 'n steifen Hals.«

»Oje.«

»Aber es gab Geld. Mehr als bei Ihnen.«

»Dafür darfst du dich aber gern bewegen.«

»Mehr Geld …«

»… wäre dir sicher lieber. Aber ich habe nun mal nicht mehr.«

Das Kind kniff die Lippen zusammen und sah plötzlich viel älter aus. Paula zögerte, die Zeichenkohle in der Hand.

»Möchtest du lieber nach Hause gehen?«, fragte sie. »Ich kann dir leider wirklich nicht mehr geben.«

Marleen rutschte auf dem Stuhl hin und her, überlegte sich Paulas Vorschlag, wendete ihn hin und her – es war fast so, als könnte man ihr beim Denken zusehen. Und bevor Marleen etwas sagte, wusste Paula, was kommen würde: Wenig war besser als nichts.

Marleen saß wieder still da.

Paula machte sich erneut an die Arbeit.

»Machst du mich schön?«, fragte Marleen nach ein paar Minuten.

»Das bist du doch schon. Es geht mir nicht um eine naturalistische Darstellung.«

»Was ist das?«

»Was? Eine naturalistische Darstellung?«

»Mhm.«

Paula seufzte. »Das, was ich nicht mache.«

»Und was machen Sie nicht?«

»Ich male dich nicht so, dass du dich danach unbedingt wiedererkennst.«

»Nicht?«

»Nein, ich …«

»Und wieso nicht?«

»Weil ich mehr will.«

»Mehr? »

»Wenn du jetzt doch einen Moment lang ruhig sein könntest? Wir können gleich weiterreden.«

Marleen schwieg gehorsam, aber ruckelte wieder unruhig hin und her, baumelte mit den dünnen Beinen und schlug mit den schweren Holzpantinen klackernd an den Stuhl, in einem eigenartigen Rhythmus, der fast etwas Einschläferndes hatte.

Das Fenster stand offen, und eine leichte Brise wehte Paula eine Haarsträhne ins Gesicht. Sie versuchte, trotz der Ablenkungen, sich ganz auf das zu konzentrieren, was sie ihre innere Insel nannte – ein Ort, an dem sie vollkommen sie selbst war und ganz in dem aufgehen konnte, was sie tat.

Ohne sich schon wieder zu ärgern.

Das »Mehr« war nämlich ein Gegenstand zahlreicher hitziger Diskussionen zwischen ihr und anderen Worpswedern, speziell Fritz Mackensen, und sie hatte das alles ein bisschen satt. *Sehr* satt, um genau zu sein.

Warum gab sie es nicht vor sich selber zu: Sie hatte *überhaupt keine Lust mehr,* sich *ständig* für das, was sie tat, zu *verteidigen.*

»Hat Sie auch mal wer gemalt?«, fragte Marleen, hüpfte förmlich in ihre Gedanken hinein.

»Mich?«

»Na, hier ist doch sonst keiner!«

»Du bist ganz schön frech!« Immerhin, die Konturen waren jetzt erkennbar, in verschiedenen Grautönen.

»Jou, nä«, sagte Marleen mit beinahe selbstzufriedenem Unterton. »Das sagen alle.«

»Ich mich selbst«, sagte Paula.

»Wie?«

»Ich habe mich selbst gemalt.«

Paula stand auf und zeigte Marleen ein Selbstporträt, und bevor Marleen noch mehr Fragen stellen konnte, erklärte sie ihr, wie genau das funktionierte: sich selbst zu malen.

»Sie sehen sich aber gar nicht ähnlich«, konstatierte das Kind wenig beeindruckt, nachdem es abwechselnd das Bild und Paulas Gesicht ausgiebig gemustert hatte. Paula nahm Marleen das Bild wieder weg und stellte es zurück zu den anderen. Sie erkannte, dass es seine Vorteile hatte, wie Fritz Mackensen zu arbeiten. Seine Modelle hielten wenigstens den Mund.

Später schrieb Paula an Otto, der sich am Vorabend bereits über das Ausbleiben ihrer Briefe beschwert hatte – natürlich in aller Heimlichkeit in der leeren Küche des Barkenhoffs, es durfte ja niemand von ihnen beiden wissen. Draußen begann es sanft und leise zu regnen, während Paula versuchte, Otto ihre Stimmungswechsel zu erklären, mit denen Otto nicht gut zurechtkam, gegen die aber Paula nichts unternehmen konnte.

Ich bin, so wie ich bin, schrieb sie, und dabei war ihr bewusst, dass das eine eher lahme Entschuldigung für ihre Launen war, unter denen Otto seit ein paar Tagen zu leiden hatte, und dies auch noch vollkommen schuldlos. Er war so ein guter Mann, so geradeheraus und ehrlich in seiner Bewunderung ihrer Kunst, die nun weiß Gott nicht den Geschmack der Mehrheit traf.

Was ihr spätestens seit ihrer so entsetzlich misslungenen – und von einem kleinen hässlichen Mann, bei dem es sich leider um den wichtigsten Kunstkritiker Bremens handelte, auf übelste Weise verrissenen – ersten Ausstellung klar sein musste, der in absehbarer Zeit bestimmt keine zweite folgen würde.

»Ich weiß nicht, ob du verstehst, wie es ist, wenn man sein Innerstes nach außen kehrt«, schrieb sie, »und die Menschen jene Reise, auf die du sie gerne mitnehmen würdest, gar nicht erst antreten wollen, weil ihnen schon die Sitze im Zug zu unbequem sind.«

Sie wusste, dass Otto sie verstand, und nicht nur das: Er schien sogar als einer der ganz wenigen weiterhin an sie zu glauben, gab sich ihr gegenüber so loyal und liebevoll, so ermutigend und freundlich. Und dennoch reichte ihr das gerade nicht, sehnte sie sich nach etwas anderem …

Und schon flog ihre Feder über das teure, schwere Büttenpapier, das sie sich in einem Anfall von Leichtsinn extra für ihre geheime Korrespondenz bestellt hatte; sie schrieb und schrieb sich das ganze Durcheinander von der Seele, obwohl sie wusste, dass Otto wahrscheinlich nichts davon jemals zu Gesicht bekommen durfte, denn sonst wäre es ziemlich schnell aus zwischen ihnen.

Am nächsten Morgen las sie sich alles noch einmal durch, um aus dem, was da aus ihr herausgeflossen war, etwas destillieren zu können, das gefällig und freundlich genug war, um Otto Modersohn zu erfreuen, statt ihn zu schockieren.

Doch die Ausbeute, das ahnte sie schon nach den ersten Zeilen, wäre gering.

»Als ich in Paris war, erschrak ich vor den Farben des Frühlings, die mich blendeten. Es fehlten ihnen das dunkel Grundierte Worpswedes, die unterschiedlichen Braun- und Schwarztöne des Moors, die Melancholie der Landschaft selbst an freundlichen Tagen, die Schwere der Luft, das Tiefe, das Satte in der Farbe. In Paris war alles so licht und hell und gleichzeitig so voller Energie, die mich durch die Tage trug, als würde ich schweben. Der Trubel anlässlich der Weltausstellung im April! Dieses monumentale stählerne Skelett des Eiffelturms, die Eleganz der Menschen, die Fröhlichkeit überall. Alles atmete Optimismus und den festen Glauben an die Zukunft, mir war, als stünden wir vor einem vollkommen neuen Zeitalter, Clara und ich steckten mittendrin in dieser herrlichen Aufregung, und doch war ich nicht wirklich glücklich, sondern eher nervös, weil ich viel zu viel an dich denken musste, lieber Otto. Gleichzeitig wusste ich aber, dass es verboten war, weil deine Frau doch so schwer krank war und du dich liebevoll um sie gekümmert hast, wie es kaum ein anderer Mann tun würde. Und dann ertappte ich mich mehr als einmal bei der Idee, dass sie uns und unserem Glück im Weg stünde, und hasste mich dafür …

Dann besuchte ich Charles Cottet, der so malt, wie ich fühle. Und nicht, dass du etwas Falsches denkst, wir haben Blicke gewechselt, das schon, und er zeigte mir seine Bilder, und ja, ich war auch ein-, zweimal allein mit ihm in seinem Atelier, aber es ist nichts, wirklich nichts passiert, obwohl es eine Kraft gab, die uns zueinander zog, aber nie, nie, nie habe ich ihr nachgegeben, das musst du mir glauben!

Jetzt ist es allerdings so, dass ich mich nach ihm sehne, so wie ich mich in Paris nach dir gesehnt habe, und in solchen Momenten mag ich mich dann gar nicht mehr leiden, denn was bin ich nur für ein schwankender Charakter, was soll diese Sprunghaftigkeit, warum fehlt mir jede Festigkeit und Zufriedenheit, was kann in diesem Leben aus mir werden, wenn sich das nicht ändert und ich nicht innerlich stabiler werde?«

In diesem gehobenen Jammerton ging es zu Paulas Missfallen immer weiter und weiter – wie konnte sie nur, das war doch nicht sie, so drückte sie sich doch normalerweise gar nicht aus, was war denn gestern Abend in sie gefahren? Seite um Seite beschwerte sie sich wie ein verwöhnter Backfisch über alles Mögliche und Unmögliche: die ständigen Geldsorgen, mit denen ihr Vater sie dauernd belästigte, indem er ihr nahelegte, sich endlich als Gouvernante zu verdingen; ihr Künstlertum, das sich aufgrund solcher erdenschweren Probleme nicht entwickeln könne; ihre Furcht, irgendwann gar nicht mehr zu malen, weil die Sorgen überhandnehmen würden; die rätselhafte Anziehungskraft Rainers, die sie zusätzlich belastete, und zu guter Letzt die niedergedrückte Stimmung aufgrund des teilweise verregneten Sommers in Worpswede, verknüpft mit der Überlegung, doch wieder nach Paris zu gehen … Kurz gesagt: Nichts aus dieser hastig dahingekritzelten, überlangen Epistel war geeignet, Otto glücklich zu machen, also setzte sich Paula an ihren Schreibtisch und begann von vorn.

4

Am Nachmittag begab sich Otto Modersohn auf einen langen Spaziergang, jedoch nicht, um Paula zu besuchen, obwohl er sich nach ihr sehnte, sondern zu einer Kuhle in der Heide, wo sie sich – eine romantische Idee Paulas – seit nunmehr fast sechs Wochen wechselseitig Briefe hinterließen. In den letzten Tagen hatte Paula ihm nichts geschrieben, doch heute, so hatte sie ihm versprochen, würde er »unter unserem Stein« fündig werden.

Die Kuhle befand sich in unmittelbarer Nähe einer Birke, deren Blätter im auffrischenden Wind leise raschelten, und schon von Weitem konnte Otto ein Eckchen des weißen Umschlag unter dem bemoosten Granitbrocken hervorblitzen sehen, mit dem sie ihre Briefe zu beschweren pflegten. Otto bückte sich, hob den Stein mit beiden Händen an und legte ihn vorsichtig an den Rand der Kuhle. Es hatte morgens leicht geregnet, weshalb er sich ein wenig glitschig anfühlte, doch der Brief darunter war glücklicherweise fast trocken geblieben.

Otto betastete das wunderhübsche Büttenpapier, erfreute sich an der glatten, fast wie gewachsten Oberfläche, steckte das Schreiben schließlich in sein Jackett und machte sich auf den Rückweg. Das Haus von Bauer Brünjes, in dem Paula arbeitete, lag nur einen Fußweg von nicht einmal dreißig Minuten entfernt, und er fragte sich, was ihn davon abhielt. Es war doch nicht gegen die guten Sitten, eine liebe Freundin zu besuchen, schon gar nicht in Worpswede!

Was ist dir wichtiger – ich oder das, was die Leute von uns denken könnten?

Otto blieb unentschlossen stehen, eine hagere Gestalt mit schütterem Haar und rötlich braunem Vollbart, die sich wie ein Schattenriss gegen den grauen Himmel abhob. Ob irgendjemand ihn sehen konnte? Wie dumm er sich doch anstellte!

Er könnte jetzt gleich zu Paula gehen. Er könnte ihre Hand berühren, wie er es schon getan, und sie vielleicht sogar umarmen, was er sich immer versagt hatte.

Vor seinem inneren Auge tauchte Helene auf, machte sich breit in seinem Kopf, als gönnte sie ihm sein neues Glück nicht. Erinnerte ihn an die herrlichen Zeiten, die sie vor ihrer Krankheit miteinander gehabt hatten, und unterschlug dabei, wie schnell ihr ewiges Unwohlsein sie in eine traurige, nörgelnde Frau verwandelt hatte, die er – und dieses schlimme Geheimnis hütete er sorgfältig – nicht mehr lieben, nur noch ehren konnte. Und das war, wie er wohl wusste, zu wenig für eine Ehefrau, die immer treu zu ihm gehalten hatte und der man nichts außer ihrer schlechten Gesundheit vorwerfen konnte.

Er verscheuchte ihr Bild mit einer unwirschen Handbewegung, die ihm nur halb bewusst war, drehte sich um und ging mit festen Schritten durch das feuchte Gras zurück Richtung Worpswede. Der Himmel verdunkelte sich genauso wie Ottos Stimmung, der Wind wurde stärker und flaute dann ganz ab, und schließlich begann es zu regnen, erst nieselnd, schließlich immer heftiger, bis der Weg kaum noch zu erkennen war und seine Kleider schwer vor Nässe wurden.

Eine halbe Stunde später stand er endlich vor seinem Haus, nachdem er mehrmals fast auf dem Kopfsteinpflaster ausgerutscht wäre. Er zog die verdreckten Schuhe aus und legte auch das tropfende Jackett vor der Tür ab, barg aber vorher noch das Kostbarste – Paulas Brief – an seiner Brust.

Zur selben Zeit setzten sich die Kruses an den Abendbrottisch, der sich direkt neben dem offenen Stall mit den beiden Kühen Puschel und Walburga befand.

Walburga hieß so, weil sie selbst für eine Kuh ziemlich ausgiebig schnaufte und prustete, ähnlich wie Anne Kruses verstorbene Tante Walburga in ihren letzten Lebensmonaten. Puschel verdankte ihren Namen einem stark gelockten Schüppel zwischen den Hörnen, der aussah wie eine zu hoch sitzende Perücke. Beide Kühe freuten sich, wenn etwas geboten war. Einem Außenstehenden wäre wahrscheinlich aufgefallen, dass sich der Geruch nach Stroh und Dung auf recht eigenwillige Weise mit dem Aroma der geschälten Salzkartoffeln vermischte, und vielleicht wäre ihm sogar der Appetit vergangen, aber in der Familie Kruse störte das niemanden. Die Kühe gehörten zur Familie wie die ständig zwischen den Füßen herumlaufenden Hühner und die drei scheuen Katzen, denen Anne jeden Morgen Milch gab, damit sie die Mäuse und Ratten vom Haus fernhielten. Die Kruses waren inklusive Knecht und Magd zu elft. Vor ein paar Wochen war Großmutter Kruse im Alter von dreiundachtzig Jahren gestorben, dafür war Anne aber im ungefähr achten Monat schwanger, also würden sie bald wieder zu zwölft sein. Natürlich nur, wenn das Kind überlebte und Anne nicht dem Kindbettfieber zum Opfer fiel wie ihre Freundin Hiltrud vom Nachbarhof. Darunter litt Anne, ohne dass es jemand merkte oder sich auch nur Gedanken darüber machte, wie es für sie sein musste, dass es nun niemanden mehr gab, mit dem sie sich über die Zumutungen ihres Daseins lustig machen konnte, bis ihr der Bauch wehtat vor Lachen und alles etwas leichter schien: der schmerzende Rücken vom Torfstechen und dem Schleppen der getrockneten Soden, die wechselnden Krankheiten der Kinder, der entzündete Backenzahn des Schwiegervaters, den er sich auf Teufel komm raus nicht ziehen lassen wollte, und vor allem die tagelange Abwesenheit von Jan, wenn er den Torf nach Bremen transportierte und sämtliche häuslichen Verpflichtungen an ihr hängen blieben.

Aber Hiltrud war tot, und Anne sprach nicht nur nie mehr von ihr, sie tat auch so, als hätte sie sie längst vergessen, und dabei erschien ihr doch Hiltrud manchmal im Traum und grinste so breit und frech, wie nur sie es zu Lebzeiten gekonnt hatte. Dann wachte Anne auf und freute sich ein paar Sekunden lang auf den nächsten Tag, wo sie gemeinsam am Bach hinter dem Haus waschen und sich über Opa Kruse totlachen würden, der sein lückenhaftes Restgebiss mit Zähnen und Klauen beschützte.

»Mit Zähnen und Klauen! Du bist so komisch!«

»Nee, Opa Kruse ist komisch! Der guckt schon schief, wenn ich bloß 'ne Zange in die Hand nehme.«

»Ja, man muss sich in Acht nehmen vor dir! Irgendwann kommst du mitten in der Nacht und ziehst ihm seinen geliebten vorletzten Zahn!«

»Den fünfletzten! Er hat noch fünf!«

»Woher weißt du das, er lässt dich doch gar nicht an sich ran?«

»Na, weil er damit angibt!«

Irgendwann war sie dann wach, und die Erkenntnis, dass Hiltrud nie mehr zurückkäme, sickerte ein wie ein langsam wirkendes Gift. Dann weinte sie, aber leise, mit dem Kissen über dem Kopf. Sich Jan anzuvertrauen kam nicht infrage, er hätte das gar nicht verstanden, und selbst wenn, was hätte er schon tun können?

Schmerzen nahm man wortlos hin, sonst wurde man verrückt.

Anne hatte acht Kinder zur Welt gebracht, davon lebten immerhin noch fünf. Die Kruses, pflegte ihr Mann Jan zu sagen, sind ein kerngesunder Schlag, woraufhin Anne ihm zurückgab, dass nicht »die Kruses«, sondern sie den Nachwuchs geboren und aufgezogen hatte. Daraufhin erfolgte meistens ein mehr oder weniger heftiger Schlagabtausch, den Jan mit einem seiner unzähligen schlechten Witze beendete, deren Herkunft ihr immer rätselhaft blieb.

Anne gab jedem außer Jan fünf Kartoffeln und einen Esslöffel Butter auf den Teller, dann reichte sie die Schüssel an Jan weiter, der sich die letzten sieben nahm und den üppigen Rest Butter. Anschließend herrschte das, was Jan gern »gefräßige Stille« nannte (noch ein schlechter Witz, der durch ständige Wiederholung nicht besser wurde), und so war minutenlang nichts zu hören außer Schmatzen und dem Klappern des Holzbestecks auf den dicken Steinguttellern.

»Wo ist Marleen?«, fragte Anne plötzlich.

Sie waren eben nicht zu elft am Tisch, sondern nur zu zehnt; Marleens Stuhl war leer, und Anne hatte das gar nicht bemerkt.

»Marleen hat gesagt, sie will nicht essen«, meldete sich die fünfjährige Astrid.

Jan stand auf.

»Bleib sitzen«, sagte Anne, »ich hole sie.«

Jan hörte nicht auf sie, und sie sah seiner langen, dünnen Gestalt gedankenvoll nach, ohne dabei weiterzuessen, obwohl die Kartoffeln heiß am besten schmeckten, dann, wenn die Butter auf ihnen schmolz und man sie so lange mit der Gabel zerdrückte, bis sie fast cremig wurden.

Jan fand Marleen im Restlicht des sich verabschiedenden Tages dort, wo sie immer war, wenn sie träumte, nämlich auf dem reetgedeckten Dach. Es reichte fast bis zum Boden, weshalb es für ein gelenkiges Kind wie Marleen nicht schwierig war, sich an den Schilfbündeln hochzuhangeln. Anne hätte mit Marleen geschimpft – immer brachte sie die Abläufe durcheinander! –, aber Jan mochte ihren Dickkopf.

»Komm runter«, rief er. Marleen saß rittlings auf dem First, gegenüber vom Wetterhahn, hinter ihr der dunkle, fast lilafarbene Himmel. Sie schüttelte so heftig den Kopf, dass ihr dicker Zopf hin und her schwang.

»Doch, mien Deern. Komm jetzt!«

»Nä!«

»Es gibt Kartoffeln mit Butter. Du musst essen, sonst fällst du uns vom Fleisch, und dann kriegst du keinen Mann.«

»Ich will keinen Mann!«

»Na, jetzt nicht. Aber irgendwann schon, wirst schon sehen.«

»Nä! Nie!«

Jan wusste, dass sie manchmal mit dem Wetterhahn redete. Auch mit lebenden Tieren wie den Hühnern und den Kühen. Einmal hatte er sie dabei belauscht, wie sie einer der Katzen, die sich friedlich auf ihrem Schoß einkuschelte, eine lange, unheimliche Geschichte über Geisterwesen im Teufelsmoor erzählte, die sie sich entweder selbst ausgedacht oder von einem Bauern in der Umgebung hatte, denn Bücher gab es bei ihnen nicht.

Dabei war sie gar nicht menschenscheu. Nur ein bisschen sonderbar. So wie er. Und Anne, auch wenn sie das nicht wahrhaben wollte.

»Komm jetzt«, sagte er sanft. Schließlich ließ sich Marleen herabgleiten und von ihrem Vater ins Haus tragen, obwohl sie dafür schon viel zu groß war.

5

Heinrich Vogeler lag im Bett und beobachtete seine Geliebte Martha bei einer Tätigkeit, die ihm sehr gefiel. Martha stand aufrecht in dem bronzefarbenen Zuber, den die beiden Dienstmädchen ins Schlafzimmer geschleppt und – Kanne für Kanne – mit heißem Wasser gefüllt hatten.

Sie seifte sich mit extra langsamen Bewegungen ein, erst die Brüste, dann die Beine und zum Schluss die Scham. Dabei lächelte sie Heinrich verheißungsvoll an und setzte sich schließlich vorsichtig und genussvoll in den Zuber.

Martha Schröder war elf Jahre jünger als Heinrich, aber manchmal fühlte sie sich wie seine ältere Schwester. Heinrich war so hübsch und für einen Mann so zart – und Letzteres bezog sich nicht nur auf sein Gesicht und seine Gestalt, sondern auch auf seine Wesensart, die er nur Martha zur Gänze offenbarte. Er wirkte einerseits mutig und abenteuerlustig, doch wohnte andererseits auch eine merkwürdige und wiederkehrende Trauer in ihm, für die es in den allermeisten Fällen keinen ersichtlichen Grund gab und die allein Martha lindern konnte. Nur ihr zeigte er seine Seele, die dann wie ein frischgeborenes Kätzchen nackt und bloß vor ihr lag und um behutsame Behandlung bettelte.

Es war dann Marthas Aufgabe, sich dieser verletzlichen Kreatur zu widmen, ihre heilenden Hände darauf zu legen und sie langsam wieder zu Kräften kommen zu lassen.

Auch heute spürte sie hinter seinem liebevoll-anerkennenden Blick aufkeimenden Kummer, den er noch hinter einer freundlichen Maske zu verbergen suchte. Doch Martha konnte er nicht täuschen. Sein Gesicht war blasser als sonst, es schien sich gequält zusammenzuziehen, und seine Augen wirkten kleiner, fast als würden sie nach innen sinken.

Martha lehnte ihren Nacken an den Rand des Zubers und genoss die Hitze und die aufsteigende feuchte Luft, die ihre Wangen zu streicheln schien. Vor ihren halb geschlossenen Augen schwebten ihre Brüste im schaumigen Wasser, und sie überlegte wieder einmal, wie es wäre, wenn sie ein Baby bekäme (ein Thema, das Heinrich bislang mied beziehungsweise von dem er geschickt ablenkte, wenn sie ihn darauf ansprach). Langsam überwältigte sie die Schläfrigkeit wie ein sanfter, doch hartnäckiger Liebhaber, und sie träumte ein paar Sekunden lang sehr intensiv von einem kleinen Wesen, dass nur ihr gehörte, weil nur sie es nähren und lieben und pflegen würde.

»Martha.« Jemand sprach in ihren Traum hinein, in einem seltsam hallenden Klageton.

»Mhm«, murmelte sie.

»Schläfst du?«

»Nein, nein. Nur ein bisschen.«

»Es geht mir nicht gut.«

»Oh.«

Es war tatsächlich der gefürchtete Satz, und sie wusste, dass es mit der Entspannung nun vorbei wäre.

»Gar nicht gut«, wiederholte Heinrich, und seine

Stimme hatte nun jenes flache, tonlos-trostlose Timbre, das den Zustand einleitete, den sie sich nicht erklären konnte, der aber etwas mit dem Tod zu tun haben musste, weil in solchen Momenten alle Lebendigkeit aus ihm zu weichen schien.

»Oh, aber …«

»Ich fühle mich so allein.«

»Aber das bist du doch nicht, Liebster«, sagte Martha und versuchte, die Müdigkeit und – wenn sie ehrlich war – auch eine gewisse Verdrossenheit abzustreifen, die sich wie ein zäher Schleim über sie gelegt hatte.

Sie nahm sich zusammen, setzte sich auf und griff nach dem Handtuch auf dem Stuhl neben dem Zuber. Ein kühler Hauch ließ ihre Schultern frösteln. Das Wasser war noch richtig schön warm, und draußen regnete es wie aus Kübeln – ach, sie wäre gerne noch ein wenig sitzen geblieben! Stattdessen sah sie zum Bett, wo Heinrich mittlerweile flach wie ein Toter auf dem Rücken lag und die Decke anstarrte.

Martha trocknete sich ab und wappnete sich für das Kommende. Es würde in den nächsten Stunden, vielleicht auch Tagen, darum gehen, sich nicht von seiner Verzweiflung herunterziehen zu lassen, sondern Heinrich so lange zu beruhigen und ihm gut zuzureden, bis sich die Finsternis um ihn herum wieder lichtete. Ob das allerdings mit oder ohne ihr Zutun geschah, wusste sie nicht, wie ihr überhaupt diese krankhafte Launenhaftigkeit ein Rätsel war.

Sie hüllte sich in Heinrichs dicken Frotteebademantel und legte sich neben ihn. Manchmal half der Einsatz ihres warmen Körpers, und Heinrich vergaß seine Melancholie.

Es war einen Versuch wert.

Sie legte die Hand auf seinen Bauch und spürte, wie sich unter dem Leinenhemd seine Muskeln versteiften. Rasch nahm sie die Hand wieder weg. Wenn es ihm sehr schlecht ging, ertrug er keine Berührungen, nicht einmal von ihr.

»Möchtest du einen Tee?«, fragte sie.

Heinrich reagierte nicht, und sie zerbrach sich den Kopf, was sie tun könnte, um ihm zu helfen.

Ein paar Minuten vergingen.

»Paula«, sagte er schließlich, aber nicht zu Martha, sondern mit dem Blick zur Decke.

»Paula?«, fragte sie vorsichtig. »Was ist mit ihr?«

»Sie ist besser«, seufzte Heinrich.

»Besser?«

»Als wir alle.«

»Aber das ist Unsinn, Liebster!«, rief Martha erstaunt. »Sie ist doch nur eine liebe, freundliche Frau, die es euch gleichtun will und dabei nur die seltsamsten, fremdartigsten …« – sie wusste nicht, wie es ausdrücken sollte – »… *Geschöpfe* auf die Leinwand bringt, weil sie es nicht besser kann oder können will.«

»Du kapierst gar nichts, Martha. Rede nicht über Dinge, die du nicht verstehst.« Normalerweise trug Heinrich sie auf Händen, doch in diesem Zustand wurde er oft richtig unfreundlich, und Martha wusste zwar, dass sie sich nicht ärgern durfte, weil es nichts Persönliches, nichts gegen sie Gerichtetes war, aber sie tat es doch.

Sich ärgern. Jedes Mal.

»Seltsame, oft ganz hässliche Porträts in Farben, wie es sie nicht gibt, und ihre Landschaften sind nicht besser, das findet auch Fritz, und das weißt du ganz genau«, sagte sie lauter als nötig.

»Fritz …«

»Ja, Fritz Mackensen, dein Freund! Und selbst Otto findet nicht alle ihre Bilder gelungen, aber er traut sich nicht, etwas zu sagen, weil Paula so überempfindlich ist. Ein falsches Wort, und sie ist drei Tage lang beleidigt …«

»Otto bewundert Paula«, unterbrach Heinrich sie ziemlich brüsk, doch immerhin mit etwas mehr Lebhaftigkeit, was ihr Hoffnung gab. »Er verehrt sie. Mehr als uns alle zusammen.«

»Nein, er ist ganz furchtbar verliebt. Das ist etwas vollkommen anderes als Bewunderung oder Verehrung.« War es das? War Heinrich etwa neidisch auf Ottos geradezu dümmliches Verknalltsein, welches Letzterer so angestrengt zu verbergen versuchte, dass es jedem auffallen musste?

Das war doch einfach nicht möglich! Neidisch brauchte doch jemand wie Heinrich nicht zu sein, der so viel Erfolg mit seinen Bildern, Skulpturen und prachtvollen Jugendstildessins hatte, dass er mittlerweile Aufträge namhafter Firmen ablehnen musste!

»Und er hat recht«, sagte Heinrich jedoch dumpf. »Sie ist die Zukunft.«

»Die Zukunft? Wie meinst du das?«

»Du verstehst das nicht.«

»Ich verstehe, dass du dich irrst. Ich versichere es dir.«

»Sie legt sich ins Gras, um über die Komposition ihrer Bilder nachzudenken.«

»Siehst du? Wie verrückt ist das!«

Aber Heinrich schüttelte gereizt den Kopf. »Sie sagt, ihre persönliche Empfindung ist wichtiger als das, was sie sieht.«

»Eben!«

»Sie macht aus dem, was sie sieht, etwas vollkommen Neues.«

»Ach was!«

Er war tatsächlich eifersüchtig! So wie sie selbst, zugegebenermaßen, auch ein bisschen eifersüchtig war, und zwar nicht auf Paulas Talent, egal wie groß oder klein es auch immer sein mochte, sondern auf deren enge Freundschaft mit Clara Westhoff, die sie selbst ausschloss. War Eifersucht vielleicht ein völlig normaler, jedoch ausgesprochen machtvoller Impuls, über den man lieber nicht redete, eben weil er so stark und zerstörerisch war, dass es selbst einen Menschen wie Heinrich nicht nur betrüben, sondern vielleicht sogar vernichten konnte? Einsamkeit jedenfalls konnte Eifersucht verstärken. Das wusste Martha, denn sie *fühlte* sich einsam, obwohl Worpswede doch ihre Heimat war, nicht die der anderen. Aber ihre Eltern billigten die wilde Ehe mit Heinrich nur zähneknirschend – Marthas Vater war Dorfschullehrer im Ort, was wollte man erwarten; natürlich litt er unter dem Getratsche in Worpswede! –, und Marthas Schulfreundinnen waren längst alle verheiratet, hatten Kinder und ihre eigenen Sorgen und Freuden. Heinrich wiederum arbeitete sehr viel und befand sich häufig auf Reisen. Doch selbst wenn er zu Hause war, kam sich Martha in seinem erlauchten Künstler- und Literatenkreis oft wie eine Fremde vor. Als sprächen die anderen eine Sprache, deren Worte sie zwar kannte, deren Sinn sich ihr aber einfach nicht erschließen wollte, sosehr sie sich auch anstrengte. Während Paula und Clara diese kryptischen Unterhaltungen und seltsam belanglosen Diskussionen über irgendwelche abseitigen philosophischen Theorien, die so häufig und scheinbar unmotiviert von einem Gegenstand zum nächsten sprangen, überhaupt keine Mühe zu bereiten schienen.

Vielleicht steckte ja auch überhaupt nichts dahinter.

Vielleicht war alles nur wichtiges Getue.

Manchmal kam es Martha so vor, als würde jeder nur mit sich selber reden, im Beisein der anderen lediglich die eigenen, mehr oder weniger abgedrehten Gedanken entwickeln, ohne das Bestreben, einen echten Bezug zueinander herzustellen. Aber wenn das wirklich so war: Warum konnte und wollte Martha das nicht?

Was fehlte ihr?

Gerade wollte sie etwas sagen, etwas fragen, das sich auf diese einigermaßen tristen Überlegungen bezog, doch dann flüsterte Heinrich plötzlich ganz sanft, als hätte er ihre Gedanken gelesen: »Komm her, meine Liebste.« Martha beugte sich gehorsam über ihn, stellte fest, dass sowohl sein Ausdruck als auch seine Gesichtsfarbe wieder fast normal waren, und ließ sich erleichtert in seine Arme sinken.

6

Paula und Clara waren tatsächlich so enge Freundinnen, dass es auch Otto manchmal irritierte. Bei den Abendessen im Barkenhoff beobachtete er häufig mit steigendem Missmut, wie ungezwungen sie miteinander umgingen, sich zum Beispiel mehrmals an den Händen fassten oder sich derart innig umarmten und küssten, dass man fast meinen konnte, sie seien ineinander verliebt.

Einmal hatte er Paula sogar danach gefragt, auf seine ein wenig gewundene Weise, und Paula hatte sehr gelacht, und zwar derart ansteckend, dass er unwillkürlich mitlachen musste.

Das eben liebte er an ihr, auch wenn er nach wie vor glaubte, dass sie nicht wirklich zusammenpassten. »Zu ultramodern« hatte er noch im Juli in sein Tagebuch geschrieben. »Keine Spur Naives hat sie, in der Kunst verstehen wir uns zwar, aber im Leben nie.« Und doch: War er mit ihr zusammen, schien das Leben automatisch seiner Schwerkraft beraubt, und genau das hatte er ihr letzthin auch geschrieben, möglicherweise sogar mehrfach, denn in ihrem letzten Brief an ihn hatte sie genau das angesprochen.

»Lieber Otto«, hatte sie geantwortet, »ich freue mich sehr darüber, dass ich Dir geben kann, was Du nach deiner eigenen Einschätzung nicht im Übermaß besitzt und deshalb oft vermisst. Jedoch würde ich mich freuen, wenn Du Dich ein wenig bemühen würdest, diese Dir so wichtigen Eigenschaften ebenfalls zu kultivieren. Ich bin sicher, Du kannst das, wenn Du nur willst. Und es ist auch notwendig, mein Lieber. Denn die Schwerkraft des Lebens, wie Du es so bildstark ausgedrückt hast, kenne ich auch, selbst wenn ich es selten zeige. Und dann wäre es schön, jemanden zu haben, der mich erneut das Fliegen lehrte, statt gemeinsam mit mir zu leiden und dadurch den Schmerz eben gerade nicht zu lindern, sondern eher noch zu vergrößern. Bring mich zum Lachen! Das ist es, was ich meine.«

Diese Passage beschäftigte Otto über alle Maßen, so sehr, dass er den Rest des Schreibens gar nicht zu schätzen wusste, obwohl es ansonsten in einem liebevollen, ja fast euphorischen Ton gehalten war.

Aber da er Paula mittlerweile fast besser kannte als sie sich selbst, wusste er, dass dieser kurze Einstieg die eigentliche Aussage des Briefes beinhaltete und das, was darauf folgte, nur freundliches Wortgeklingel war, um dem recht harschen Urteil (war er wirklich ein Langweiler und Stimmungsverderber?) etwas von seiner Schärfe zu nehmen.

Er sah von seinem Schreibtisch aus auf das regennasse Kopfsteinpflaster, auf dem trotz des schlechten Wetters recht viele Kinder in zerlumpten Kleidern spielten, und zwar einigermaßen lautstark. Otto schaute zu, wie sich ein paar Jungen kreischend in die Pfützen schubsten, während sich die Mädchen vergleichsweise gesittet einen ramponierten Ball zuwarfen.

Gegenüber von Ottos Heim befand sich ein Armenhaus, in dem diese verlassenen oder weggegebenen

Kinder lebten und vielfach auch starben, meist an einfachen, doch umso gefährlicheren Infektionen, die man in einem sauberen Haushalt vermutlich hätte vermeiden können. Paula hatte einige von ihnen bereits porträtiert und auch ein paar der blutjungen Mütter, darunter zahlreiche ehemalige Mägde, die von ihren Herren geschwängert und anschließend vom Hof gejagt worden waren. Paula, die es schaffte, selbst die Scheuesten zum Reden zu bringen, erfuhr bei den Sitzungen oft die erschütterndsten Geschichten. Die erzählte sie dann wiederum Otto, den sie belasteten, da er das Elend, anders als Paula, Tag für Tag vor Augen hatte.

Die Welt ist so entsetzlich ungerecht, Otto!

Ich weiß, Paula.

Wir sollten etwas tun!

Uns fehlen die Mittel, meine Liebe. Wir könnten höchstens im Einzelfall helfen, aber das System nicht ändern.

Und das ist alles, was dir dazu einfällt?

Er rieb sich die Augen. Zum Malen war es zu dunkel, sein Atelier hatte weniger gute Lichtverhältnisse als Paulas.

Was sie wohl gerade machte?

Ohne dass er sich dessen recht bewusst war, nahm er ein Blatt Papier aus seiner Schreibtischschublade und schrieb an Paula, obwohl er sich eigentlich vorgenommen hatte, ein paar Tage Pause einzulegen.

»Liebe Paula«, schrieb er, »ich möchte die Nähe, aber die Entfernung zwischen uns scheint ständig zuzunehmen. Ich möchte auf Dich zugehen, stattdessen läuft etwas in mir weg. Ich möchte Dich lieben, doch die Furcht ist stärker.«

Er starrte auf die Zeilen. Hinter seinen Augen meldete sich ein leises, warnendes Stechen.

Kopfschmerzen. Wenn er weiter aufrecht saß, würden sie in spätestens einer Stunde kaum auszuhalten sein. Seufzend legte er sich auf den Diwan und versuchte, trotz des Lärms ein wenig zu schlafen.

Währenddessen hatte Paula in ihrem Atelier Besuch von Clara. Clara begutachtete das schon recht fortgeschrittene Porträt der kleinen Marleen auf der Staffelei. Das Gesicht des Mädchens war sehr hell geworden, beinahe weiß, und es hob sich fast ein wenig unheimlich von dem braunen, fast schwarzen Hintergrund ab.

»Es ist doch bald fertig«, sagte Clara. »Oder?«

»Nein«, antwortete Paula. »Das ist nur ein Entwurf, ich bin noch lange nicht zufrieden.«

»Warum nicht?«

»Ich weiß nicht. Es fehlt das Wesentliche.«

»Schon der Entwurf ist so stark und schön«, sagte Clara.

»Wirklich? Danke!«

»Wie heißt das Mädchen?«

»Marleen Kruse. Sie wohnt in einem dieser Bauernhäuser wie dem von Brünjes.«

»Wo einem das Vieh auf den Esstisch schauen kann und das Reetdach bis zum Boden reicht?«

»Ja.«

»Hast du sie dort besucht?«

»Einmal, zusammen mit Otto. Sie ist mir gleich aufgefallen mit ihrem Schneewittchengesicht.«

»Ja, sie sieht wirklich ungewöhnlich aus«, sagte Clara nachdenklich.

»Das stimmt in jeder Hinsicht. Sie hat ein besonderes Gesicht und ist noch dazu frech und klug. Wir haben viel Spaß miteinander.«

Paula stand hinter Clara und legte den Kopf auf ihre Schulter, was gut ging, weil sie ein paar Zentimeter kleiner war als ihre Freundin. Dann legte sie die Arme um sie. Clara lehnte sich ein wenig zurück, und so blieben sie ein paar Augenblicke reglos, weil etwas sie zueinander drängte, aber sie dennoch wussten, dass sie dem nicht nachgeben durften, um den Zauber nicht zu brechen.

Schließlich lösten sie sich wieder voneinander, und Paula gab Clara einen Kuss auf die Wange. Clara setzte sich auf ein kleines Sofa im Hintergrund des Ateliers, während Paula Earl-Grey-Tee aus einem Samowar in zwei dicke Steingutbecher einschenkte, Sahne und Zucker zugab, umrührte und dann die beiden dampfenden Tassen zum Sofa balancierte. Sie reichte Clara eine davon und nahm dicht neben ihr Platz.

Beide bliesen fast synchron in ihren Tee und hoben ihn dann an die Lippen.

»Wenn ich Otto heiraten würde …«, begann Paula, und Clara lachte.

»Du *wirst* ihn heiraten«, sagte sie.

»Warum sagst du das? Ich bin mir nicht einmal sicher, ob er mich jemals fragen wird.«

»Das wird er schon!«

»Ich weiß nicht. Wir sind ganz oft nicht einer Meinung, und einmal hat er mir gesagt, ich sei zu modern.«

»Modern? Was meint er denn damit?«

»Was weiß ich. Das, was alle Männer meinen, wenn

sie merken, dass wir Ehrgeiz haben, weiterkommen wollen. Vielleicht will ich ihn ja auch nicht.«

»Wen denn dann?«

»Bleib so sitzen! Nur einen Moment!«

Paula lehnte sich in die Ecke des Sofas und betrachtete das Profil ihrer Freundin. Claras Aussehen veränderte sich wie ein Vexierbild je nach Perspektive. Von vorne war sie manchmal so schön, dass es fast wehtat, von der Seite sah sie mit ihrer langen Nase und ihrem relativ prominenten Kinn aus wie ein junger Mann.

»Du starrst mich jetzt schon fast eine Minute lang an«, sagte Clara und nahm einen weiteren Schluck Tee, ohne sich aus der Ruhe bringen zu lassen.

»Nun ja«, sagte Paula. »Ich sehe dich gern an, das weißt du.«

»Aber manchmal zu lang.«

»Ich bin Künstlerin.«

»Ich auch! Trotzdem …«

»Entschuldige, das war aufdringlich.«

»Ein bisschen.«

»Sei mir nicht böse. Das meine ich ernst!«

Paula sah nun ganz betont geradeaus, und Clara musste kichern. »Du solltest Otto mehr ermutigen«, sagte sie dann. »Er ist schüchtern. Er braucht eine Menge Champagner, um aus sich herauszugehen.«

»Champagner? Ich habe keinen Champagner, ich bin arm!«

»Dann eben Apfelkorn.«

»Er mag keinen …«

»Du weißt genau, was ich meine!«

»Nein.«

»Doch. Tu nicht so.«

Eine kurze Pause trat ein, und Clara überlegte, ob sie vielleicht zu direkt gewesen war. Draußen rauschte der Regen. Paula stand auf und ging, gefolgt von Claras besorgten Blicken, zur Anrichte. Sie zog eine Schublade auf, entnahm ihr eine sepiafarbene Schachtel Laferme, klopfte eine Zigarette heraus und bot Clara ebenfalls eine an. Clara nickte, erleichtert, dass Paula offenbar nicht gekränkt war. Das Rauchen war ihr gemeinsames Geheimnis; ohne dass es ihnen je jemand verboten hätte, wussten sie doch, dass es sich nicht schickte. Es schmeckte ihnen auch gar nicht besonders, aber es fühlte sich angenehm verrucht an.

»Ich weiß eben gar nicht, ob ich jemals heiraten will«, sagte Paula und blies den beißenden Rauch heraus. Ihre Zunge war belegt, und sie nahm einen Schluck Tee, der sich aber mit dem Geschmack des Nikotins nicht sonderlich gut vertrug.

Clara beugte sich vor und stellte die halb volle Tasse auf den mit Farbspritzern verunzierten Boden.

»Natürlich wirst du heiraten«, sagte sie. »Genau wie ich auch.«

»Aber warum sollte ich?«

»Sei nicht so kokett. Warum nicht?« Manchmal war Clara seltsam, fast ein wenig grausam in ihrer Ehrlichkeit, dachte Paula. Aber das mochte sie ja gerade an ihr, dieses ein wenig Kantige, manchmal auch extrem Wortkarge, gepaart mit einem guten Humor.

Sie dachte nach.

»Ich kenne Ehepaare, die einmal verliebt waren und es dann nicht mehr sind. Otto und Helene haben sich geliebt, doch zum Schluss, als sie krank wurde, war sie ihm eine Last. Ich weiß, das sollte ich nicht sagen, denn es war ja auch meine Schuld, ich meine …«

»Er war in dich verliebt, und so wurde es ihm mit Helene noch schwerer.«

»Du hast mich durchschaut.« Paula ließ den Kopf hängen.

»So habe ich das nicht gemeint. Du kannst doch nichts dafür. Liebe ist Liebe.«

»Ja, und wer ein guter Liebhaber ist, muss deswegen kein guter Ehemann sein.«

»Da hast du recht. Ich würde sogar sagen, das eine schließt das andere aus!« Beide lachten und legten, wieder in einer fast gleichzeitigen Bewegung, die nackten Füße auf das Holztischchen vor ihnen. Sie rauchten nun eine Zigarette nach der anderen, bis der Raum völlig verqualmt war, dazu genehmigten sie sich einen Apfelkorn.

Und dann noch einen und noch einen.

Langsam dämmerte es.

Von draußen schaute Marleen herein, geisterhaft blass und vollkommen durchnässt. Aber die beiden Frauen saßen mit dem Rücken zum Fenster und bemerkten sie nicht.

7

Zwei Tage später lag Marleen wach zwischen ihren Geschwistern. Es dämmerte, die aufgehende Sonne schickte ein orangefarbenes Leuchten durch die beiden kleinen Fenster über ihr, und das bedeutete, dass sie gleich aufstehen würden, alle zusammen, denn es ging darum, die letzten Soden zu stechen, damit ihr Vater die Ware rechtzeitig nach Bremen schippern konnte. Sie hatte ihn schon so oft gebeten, wenigstens einmal mitfahren zu dürfen, aber selbstverständlich immer eine Abfuhr kassiert.

Mädchen hatten auf den Booten nichts zu suchen, absolut gar nichts. Sie durften werktags zwei Stunden in die Volksschule gehen und anschließend hart arbeiten, das war alles, so sah das Leben für sie aus, und das würde sich auch niemals ändern.

Also flüchtete sich Marleen in Geschichten. Oder vielmehr waren die Geschichten irgendwann zu ihr gekommen, hatten sich in ihr niedergelassen und einen Fundus gebildet, aus dem Marleen jederzeit schöpfen konnte.

Manchmal, wenn sie beim Sodenstechen andere Kinder traf und keiner auf die Bande aufpasste, erzählte sie von Gespenstern ohne Köpfe, die sich nachts aus den Nebeln über dem Moor bildeten und jeden in die Tiefe des Schlamms lockten, der sich nicht fernhielt. Und wenn man dann hilflos in der schwarzbraunen Brühe versank, behauptete Marleen und senkte dabei die Stimme, bis sie fast flüsterte, war man immer noch nicht sicher, denn unterhalb des Schlicks lebten die Geister der über die Jahre und Jahrhunderte versunkenen Menschen und bekriegten einander und natürlich auch jeden neuen Eindringling. Wenn Marleen in ihren Geschichten aufging, war sie so überzeugend, dass selbst die schlimmsten Raufbolde ihr loses Maul hielten und mit den anderen einen Kreis um sie bildeten, der kollektiv aufstöhnte, wenn es besonders unheimlich und blutrünstig wurde.

Die Kleinsten fingen dann häufig zu weinen an und wurden mit ein paar Kopfnüssen verjagt.

Aber heute würde es anders sein, heute war Eile angesagt, denn alle, von den Kleinsten bis zu den Großen, mussten mithelfen, denn die Sonne, die die Soden trocknete, bis sie transportfähig waren, hatte sich in diesem Sommer rargemacht und würde sich sicher auch diesmal nur ein paar Tage lang zeigen.

Der Herbst nahte mit Riesenschritten, und dann wäre es zu kühl und zu feucht, um den Torf zu stechen. Vor der nächsten Regenphase mussten ihr Vater und all die anderen Väter ihre Boote beladen haben und losgefahren sein.

Zwei Stunden später waren sie bereits am Moor, und die Männer schufteten keuchend in den ihnen zugeteilten Parzellen. Zunächst musste die obere Schicht, bestehend aus Wollgras und Heide, abgehoben werden, bis man an den Weißtorf kam, dessen Brennwert zu gering war, um ihn verwenden zu können. Die eigentliche Knochenarbeit folgte aber erst Stunden später, wenn nach dem Weiß- und dem Brauntorf der tief liegende Schwarztorf gestochen wurde.

Während die Sonne immer heißer schien, gruben sich die Männer immer tiefer in den Untergrund, und schon bald mussten sie sich Bretter unter ihre Holzschuhe schnallen, um nicht einzusinken. Wenn sie nicht aufpassten, stachen sie eine Wasserader an, dann lief der nahe liegende Graben leer und die Grube voll. Das passierte häufiger, manches Mal auch nachts. Dann ging nichts mehr, und eine neue Grube musste ausgeschachtet werden.

Da die Moorentwässerung wegen der vielen Regenfälle in diesem Jahr nicht gut gelungen war, war der Abbau des Schwarztorfs ausgesprochen schwierig, weil ihn die Stecher in halb flüssigem Zustand aus den bis zu sechs Meter tiefen Torfgruben heben mussten.

Während die Kinder die Soden zum Trocknen auslegten und sich dabei Kleider, Hände und Gesichter mit dem schwarzen Schlamm dermaßen besudelten, dass sie innerhalb kürzester Zeit aussahen wie direkt aus der Hölle entsprungen, kamen zwei von den Künstlern den Feldweg entlang. Einer von ihnen trug einen Koffer, der viel zu schwer für seinen schmächtigen Körper schien, der andere war Fritz Mackensen, für den schon so viele Bauern posiert hatten, dass es aus der Grube ein großes Hallo gab, denn Fritz war unter anderem bekannt dafür, dass er besser zahlte als die anderen.

Auch wenn seine Bilder mindestens genauso scheußlich waren.

Fritz und der dünne Mann sahen sich suchend um, legten den Koffer schließlich unter eine der Birken, die die Parzelle flankierten, und entnahmen ihm eine eckige Apparatur aus Holz und Metall. Mit einiger Mühe platzierte der Dünne das Gerät schließlich auf drei Metallstäben, die am oberen Ende zusammenliefen, während Fritz in aller Gemütsruhe ein Pfeifchen rauchte. Die beiden Männer berieten sich mit leiser Stimme, dann ging Fritz auf die Grube zu und erkundigte sich, ob es in Ordnung sei, eine fotografische Aufnahme zu machen.

»Eine *wat?*«, fragte Jan Kruse. Er stützte sich auf die Schaufel und grinste trotz seiner Erschöpfung. Seine Zähne leuchteten weiß in dem schwarz verschmierten Gesicht, und der dünne Mann sah sehr aufgeregt aus.

»Das ist gut!«, rief er.

Fritz drehte sich um.

»Das Lächeln. Das ist gut.«

Jan hörte auf zu lächeln, weil er spürte, dass er zu einer Art Ausstellungsobjekt degradiert wurde, wie ein Tier im Zoo.

»Eine Fotografie«, sagte Fritz und wandte sich direkt an Jan. »Ihr werdet euch dann alle sehen können. So wie ihr seid.«

»Wie sind wir denn? Dreckig wie die Sünde«, sagte Jan. »Wieso sollten wir uns so sehen wollen?«

»Weil dann jeder mitkriegt, wie hart ihr arbeitet. Besonders die Reichen. Die wissen das nämlich nicht. Die kriegen ihren Torf schön geschnitten und ordentlich gestapelt und glauben wahrscheinlich, der fällt so vom Himmel.«

Die Männer hörten jetzt alle auf zu arbeiten und starrten Fritz an. Fritz konnte das, wusste Jan. Der hatte den richtigen Ton mit den Leuten, die hörten auf ihn. Aber irgendetwas missfiel ihm daran, und er wollte gerade etwas sagen, als ihm einer der Bauern ins Wort fiel.

»Wir sehen uns dann, so wie wir sind? Nicht so komisch wie auf deinen Bildern?«

»So wie ihr seid. Nur in Schwarz-Weiß.«

»Wer will dat denn?«, rief ein anderer, und die Männer lachten, während ihnen der Schweiß von der Stirn lief und sich ihre Nacken in der sengenden Sonne röteten.

Fritz lachte mit. »Ihr seht doch gut aus, Männer. Ziert euch nicht. Oder seid ihr eitler als eure Frauen?«

»Was fällt dir ein?«

Nach einigem Hin und Her, weil die Männer nicht stillstehen wollten, es aber dann doch taten, gelangen einige Aufnahmen mit der Rollfilmkamera, und Fritz versprach, ihnen die fertigen Bilder zu zeigen, sobald sie entwickelt worden seien. Die beiden entfernten sich, Fritz Mackensen leichtfüßig, sein Begleiter ganz schief, weil der Koffer schwer war und der Boden noch feucht von den Regenfällen der letzten Tage.

Die Stunden vergingen ohne weitere Vorkommnisse, während die Sonne so heiß brannte, wie sie es im Hochsommer oft nicht getan hatte, weshalb die Torfbauern insgesamt im Hintertreffen waren. Die Erwachsenen stachen die getrockneten Soden in rechteckige Quader, die Kinder schichteten sie auf die Leiterwagen. Als die Dämmerung sich auf das Land senkte und der Tag sich mit einem wunderbaren, orange-violetten Farbenspiel verabschiedete, hatte keiner der hart arbeitenden Männer und Frauen einen Blick dafür, außer Anne Kruse, die sich wegen ihrer fortgeschrittenen Schwangerschaft ein wenig schonen durfte.

Anne gönnte sich einen kurzen Spaziergang an der Hamme. Die Natur war manchmal so schön, aber in ihrer Schönheit so hart zu ihnen wie eine böse Königin aus dem Märchen, die belohnte und strafte, aber ohne Sinn und Verstand wie ein tollpatschiges Kind, sagte Jan manchmal, und auch für Anne ging das nicht immer so richtig zusammen, und da konnte auch der Pfarrer mit seinen schlauen Sprüchen aus der Bibel nicht helfen: Manches war einfach nicht gerecht. Ein Mensch wie Hiltrud, die alle liebten, weil sie jeden zum Lachen brachte, nicht nur Anne, sondern auch die größten Miesepeter auf der Welt, hätte nicht sterben dürfen. Punkt.

Da konnte der Pfarrer noch so viel erzählen, da hatte Gott eine falsche Entscheidung getroffen, und wenn das aber selbst dem Allmächtigen andauernd unterlief – auch dieser feuchte Sommer war eine völlig sinnlose Strafe, die keiner hier verdient hatte –, dann konnte es mit seiner angeblichen Unfehlbarkeit nun wirklich nicht weit her sein!

Anne atmete tief ein. Die Luft war weich und angenehm, man spürte sie kaum. Der Himmel spiegelte sich im unbewegten Wasser, sodass man manchmal gar nicht mehr wusste, wo oben und wo unten war, und zum ersten Mal seit langer Zeit erlaubte Anne es sich, sich hinzusetzen und vor sich hin zu träumen, wie sie es als kleines Mädchen häufig getan. Dafür hatte sie von ihren Eltern regelmäßig Schläge bekommen.

Das, hatte sie sich geschworen, würde sie ihren Kindern niemals antun – sie würde sie niemals schlagen, niemals mit überschnappender Stimme anschreien –, aber das sagte sich sehr leicht, wenn man selbst noch keine hatte und also auch keine Ahnung, was es bedeutete, die Verantwortung für einen Hausstand zu tragen, in dem der Mangel wohnte, seitdem Jan sie über die Schwelle getragen hatte und sie sich glücklich kichernd und endlich ungestört auf ihrem Strohbett aneinander erfreuen durften.

Aber dann kam ein Kind nach dem anderen, starb ein Kind nach dem anderen, und da riss einem schon mal der Geduldsfaden, wenn die Überlebenden nicht so spurten, wie es die einigermaßen prekäre Lage erforderte. Geschlagen hatte Anne trotzdem keins von ihnen, aber sie angeschrien – auch mit überschnappender Stimme –, das hatte sie sehr wohl, und besonders Marleen, weil die ihr nicht nur so ähnlich war, dass es manchmal wehtat, sondern dazu auch noch Jans Trotz geerbt hatte.

Es war nun fast dunkel. Sie stand auf, langsam und mühsam und mit einem Ziehen im Rücken, das in den letzten Tagen stärker geworden war und sie ein wenig beunruhigte.

8

Paula und Otto hatten sich vormittags bei der Mühle verabredet. Die Mühle galt als Wahrzeichen Worpswedes, obwohl sie einen strammen Fußweg vom Ort entfernt stand. Sie sah sehr hübsch aus und war ein beliebtes Motiv der ansässigen Maler. Was man auf den Bildern allerdings nicht sehen konnte, war der moderne Elektromotor für den zweiten Mahlgang, der zwar dafür sorgte, dass sich die Flügel an diesem weiteren sonnigen Tag pittoresk drehten, dessen drohendes Gebrumme aber ansonsten eine quälende Lärmbelästigung darstellte. Was die traulich-ländlich-stille Atmosphäre, an der sich Otto eigentlich gemeinsam mit Paula erfreuen wollte, empfindlich störte.

Abgesehen davon kam Paula zu spät.

Otto wartete über eine halbe Stunde lang, sah dann auf seine Taschenuhr und stellte fest, dass es fast Viertel vor zwölf war.

Er setzte sich auf eine gefällte Birke und rauchte eine Pfeife. Um halb eins war klar, dass Paula ihn vergessen haben musste. Ottos Ahnungen – etwas stimmte nicht – bestätigten sich nun, und er grübelte, was es wohl war, das Paula mit unerklärlicher Plötzlichkeit von ihm fernhielt.

Überhaupt erschien ihm das ganze Gefüge der Künstlerkolonie immer brüchiger. Seit Helenes Tod schienen Kräfte am Werk, die sie auseinandertrieben;

Fritz und Heinrich waren nur noch an ihren eigenen Angelegenheiten interessiert, und auch wenn Heinrich mit einer fast schon manischen Entschiedenheit an den regelmäßigen Abendessen im Barkenhoff festhielt, glaubte ihm Otto sein Engagement nicht mehr.

Das hübsche junge Ding Martha schien seine Aufmerksamkeit von allem abzuziehen, was ihm früher etwas bedeutet hatte, und dazu kam sein großer Erfolg als Künstler und Gestalter, dem Fritz und er nichts Entsprechendes entgegenzusetzen hatten, obwohl gerade Otto mittlerweile einen mehr als akzeptablen Bekanntheitsgrad vorweisen und von seiner Kunst gut leben konnte.

Helene war viel zu krank gewesen, um sich für das Wesen der Künstlerkolonie zu interessieren, und hatte offenbar trotzdem eine stabilisierende Funktion gehabt, stellte Otto jetzt fest. Nun, nach ihrem Tod, war alles im Fluss, und niemand von ihnen schien zu wissen, wo es sie hintreiben würde. Vielleicht ganz weit auseinander.

Diese Vorstellung machte ihn tieftraurig, fast noch trauriger als Paulas Nichterscheinen, dessen Grund er sich nicht erklären konnte. Er klopfte seine erloschene Pfeife aus und machte sich auf den Heimweg.

Währenddessen reichte Rilke Paula die Hand, um ihr über eine Wurzel zu helfen. Sie befanden sich im Wäldchen, das mit seinen sehr eng stehenden Laub- und Nadelbäumen den Barkenhoff einschloss, ihn beinahe zu einer undurchdringlichen Festung machte, wenn man nicht von der richtigen Seite kam.

Tatsächlich hatte Paula die Verabredung mit Otto

nicht vergessen, sondern sie absichtlich nicht eingehalten, obwohl sie noch morgens geplant hatte, auf alle Fälle hinzugehen. Doch dann war sie, ohne es recht zu merken, vom Weg zur Mühle abgekommen und hatte stattdessen den Rückweg zu ihrem Atelier gegenüber vom Barkenhoff eingeschlagen, wo ihr – ein Zufall, der jedoch irgendwie schicksalhaft wirkte – Rilke entgegenkam.

Nun verliefen sie sich gemeinsam im Wäldchen, wo sie sich beide nicht sonderlich gut auskannten, und landeten schließlich auf einer hübschen Lichtung mit hohem, fast unwirklich grünem Gras, das sich so weich anfühlte wie ein Daunenkissen. Wie still es hier war! Kein Vogel sang, nur ein paar Bienen summten um sie herum.

Paula nahm Rilkes Hand. So standen sie wie zwei Kinder und lauschten den Geräuschen der Natur, und je länger sie lauschten, desto mehr nahmen sie wahr: das Knacken winziger Zweiglein, das Zittern der Blätter, den Fall eines Tannenzapfens ins Moos, das weit entfernte Kreischen eines Raben.

Paula wandte sich Rilke zu, und er berührte ihre Lippen, erst ganz leicht, dann etwas energischer, dann … zog sich Paula zurück.

Oder war es Rilke selbst?

Das war gar nicht so leicht zu entscheiden.

Jedenfalls war der Kuss zwar nicht wirklich komplett, aber immerhin ein angenehm vages Versprechen, die Erkenntnis, dass das, was immer da zwischen ihnen beiden war, nicht auf Einbildung beruhte. Und für den Moment genügte ihnen das.

Paula sah sich um und entdeckte ein windschiefes,

vermoostes Bänkchen. »Komm«, sagte sie, doch dann zog Rilke sie wieder an sich, und sie vollendeten das, was sie zuvor angefangen hatten, und Paula dachte, wie gut er doch küsste, und ließ dann ihren anfänglichen Widerstand, das Gefühl, etwas Falsches zu tun, einfach taumelnd wegfliegen wie eine dieser Seifenblasen, die städtische Straßenkünstler zum Entzücken der Passanten fabrizierten.

Nach einer halben Ewigkeit machten sie sich langsam voneinander los – auch das in vollkommenem Einvernehmen –, und dann setzten sie sich auf das nicht sonderlich stabile Bänkchen, das Paula entdeckt hatte. Sie verschränkten die Hände ineinander, und eine Ruhe überkam sie, die sie als derart wohltuend empfanden, dass zumindest Paula den Tränen nahe war. So groß war die Erleichterung, dass mit ihr alles in Ordnung war, dass ihre Probleme mit Otto an ihm selbst und nicht an ihr lagen.

Sie war eine richtige Frau, mit allem, was dazugehörte, und Männer – echte Männer – sahen und spürten das.

Mehr wollte sie gar nicht.

»Ich bin so froh, dass ich hier bin«, sagte Rilke, den Paula von Anfang an Rainer genannt hatte, weil sie den Anhang »Maria«, den ihm seine ehemalige Geliebte Lou Andreas-Salomé verpasst hatte, albern fand – und auch das liebte er an ihr, so wie er gerade alles, alles an ihr unwiderstehlich fand, obwohl etwas in ihm ahnte, dass dieses tief greifende, ja fast dramatisch schmerzende Gefühl nicht anhalten würde. Sosehr er sich das Bleibende auch wünschte, sein Leben war wie ein schwankendes Boot im Meer, hin- und hergeworfen von den Wellen, und den rettenden Hafen würde er niemals erreichen – ein Gedanke, den er gerade jetzt nicht zulassen konnte.

»Die bist das Schönste, was mir seit langer Zeit passiert ist«, sagte er stattdessen, und es half: Die Angst vor der Vergänglichkeit alles Lebendigen, die ihn sonst quälte, verpuffte plötzlich wie ein finsteres, doch flüchtiges Rauchwölkchen in der strahlenden Helligkeit dieses sonnigen Tages.

Paula lächelte ihn an.

»Wir hätten das nicht tun sollen«, sagte sie, aber sie sagte es so, dass nicht einmal sie selbst so recht daran glaubte.

»Es gibt so vieles, was man nicht tun sollte«, sagte Rilke und schürzte seine Lippen auf diese bestimmte Art, die Paula sehr anziehend fand, weshalb sie ihn am liebsten noch einmal geküsst hätte, wenn nicht irgendetwas an ihr genagt hätte, das diesen wunderbaren, perfekten Moment fast zunichtemachte.

»Vielleicht sollte ich wieder nach Paris gehen«, sagte sie nachdenklich.

»Bitte nicht!«, rief Rilke. Er rückte ein wenig näher, und schließlich legte sie den Kopf an seine Schulter. Er spürte ihre seidenweichen kastanienbraunen Haare an seiner Wange, die ihm blond erschienen, obwohl sie es nicht waren, und glaubte nun ganz ernsthaft, nie wieder ohne sie leben zu können.

»Ich bin durcheinander, Rainer«, sagte Paula, und weil sie so nahe beieinandersaßen, hörte er nicht nur ihre sanfte Stimme, er spürte auch ihre Vibration, sie schien ihn bis ins Innerste zu durchdringen.

»Das musst du nicht sein«, sagte er.

»Vielleicht brauche ich eine andere Umgebung, um zu mir selbst zu finden.«

»O bitte!«

»O bitte«, sprach sie ihm versonnen nach und versuchte dabei unwillkürlich, doch mit recht wenig Erfolg seinen österreichischen Akzent zu imitieren. Das wiederum ärgerte Rilke, weil er aufgrund seiner chronischen Überempfindlichkeit annahm, Paula mache sich über ihn lustig.

Und plötzlich passierte wieder das, was er hasste und fürchtete. Alle liebevollen, zärtlichen Regungen drohten in ihm abzusterben wie eine zarte, regendurstige Pflanze in der Sahara, und stattdessen bildete sich ein kleiner, jedoch rasch wachsender trockener und kalter Kern, der Herz und Hirn innerhalb weniger Minuten vereisen würde, wenn er nicht rasch gegensteuerte. Gleichzeitig begann ihn auch noch die äußere Hitze zu quälen, es kam ihm so vor, als brenne ihm die Sonne ein Loch in den Kopf. Der Schweiß brach ihm aus und lief ihm über den Nacken in den Hemdkragen.

Ich blute aus, dachte er.

Was für eine wahnwitzige Idee!

»Wollen wir in den Schatten gehen?«, fragte er, und Paula war zwar überrascht und etwas besorgt über den plötzlich fast jämmerlichen Tonfall, aber sie nickte eifrig, denn ihr war selber ziemlich heiß. Also gingen sie, ohne sich zu berühren, wieder in den kühlen Wald und ließen sich dort auf einem Stamm nieder, der aussah, als läge er schon seit Äonen da, irgendwann in der Steinzeit vom Sturm gefällt und zu großen Teilen überwachsen von Efeu, Farn und sonstigem Blattwerk, dessen Namen Paula nicht kannte.

Kaum hatten sie den Ort gewechselt, beruhigte sich Rilke wieder. Er sah Paula an, ihr liebes, freundliches Gesicht, und spürte, wie er sich an ihrer Stärke innerlich aufrichtete. Paula bemerkte seine innere Unruhe und legte die Hand auf seine.

»Was ist denn?«, fragte sie.

»Ich weiß es nicht«, antwortete er, und das war die reine Wahrheit: Er war sich selbst ein Rätsel, jedoch überzeugt davon, dass er es nicht lösen konnte und durfte, wenn er seine Begabung nicht verlieren wollte. (Lou hatte ihm, begeistert von Freuds *Die Traumdeutung*, schon vor einem Jahr eine Psychoanalyse ans Herz gelegt, und er hätte sie aufgrund dieser Zumutung beinahe verlassen.)

»Aber etwas muss doch sein«, sagte Paula in seine Gedanken hinein. »Du siehst traurig aus.«

»Du auch«, sagte Rilke.

»Wirklich?«, fragte Paula erstaunt, denn sie fühlte sich gar nicht traurig. Allerdings hatte sie ein furchtbar schlechtes Gewissen, und vielleicht brachte das einen ähnlichen Gesichtsausdruck hervor.

»Es ist Otto«, sagte sie und verstummte, denn jetzt war sie tatsächlich betrübt. Der Gedanke an Otto und wie er völlig umsonst den langen Fußweg auf sich genommen hatte, nur, um sie zu sehen, während sie sich in jeder Hinsicht auf Abwegen befand … Es war eine schreckliche Vorstellung, wie er so einsam bei der emsig rotierenden Mühle mit dem lärmenden Motor …

»Was ist mit Otto?«, fragte Rilke sanft, zwar ein bisschen eifersüchtig, doch vor allem erleichtert über die Ablenkung von seiner eigenen Befindlichkeit.

»Er …« Doch Paula wusste nicht, wie sie es ausdrücken sollte: dass Otto ihr zwar immer wieder aufs Neue seine Zuneigung gestand, doch sobald es körperlich zu werden versprach, sich wie eine prüde Jungfrau verhielt. Durch dieses doppeldeutige Verhalten fühlte sie sich unweiblich und unbegehrt. Aber das konnte sie niemandem erzählen, schon gar nicht diesem hübschen jungen Mann, der ihr diesbezüglich gerade wieder etwas Selbstvertrauen geschenkt hatte.

»Vielleicht sollte ich weniger malen«, sagte sie und erkannte im selben Moment, dass es vielleicht das war, was sich Otto, bei all seiner Bewunderung für ihre Werke, wirklich wünschte. Sie entsprach einfach nicht dem Typ Frau, wie er ihn sich vorstellte.

Könnte sie das jemals leisten? Weniger zu malen, mehr Frau zu sein? Ihm zuliebe?

Sie wandte sich Rilke zu und küsste ihn wieder; das war nichts, worüber sie jetzt nachdenken konnte und wollte.

9

Als Otto nach Hause kam, saß Fritz Mackensen mit Pfeifchen im Mund auf der Bank vor seiner Tür. Er trug ein weißes Leinenhemd, weite, bequeme Leinenhosen, hatte die langen Beine von sich gestreckt und genoss sichtlich das schöne Wetter, während Otto in seinem braunen Wollanzug der Schweiß von Stirn und Rücken lief. Auch seine Achseln waren feucht, und wie es unter seinem Jackett roch, wollte er gar nicht wissen.

Wut schoss wie eine Stichflamme in ihm hoch.

»Was machst du hier?«, fragte er mit gerunzelter Stirn. Fritz wusste immer alles besser und war dabei auch noch meistens unverschämt gut gelaunt, weil er ja nie an sich und der Richtigkeit seiner Ansichten zweifeln musste.

Fritz sah ihn an und grinste. »Ist da etwa jemand von seiner Hübschen versetzt worden?« Er blinzelte zu dem Schattenriss von Otto, der ihm, so schien es Fritz, gerade mit voller Absicht die Sonne nahm.

»Was für ein Unsinn!«, sagte Otto mit schärferer Stimme als beabsichtigt. Eine weitere von Fritz' ärgerlichen Eigenschaften war, dass er delikate Situationen sofort durchschaute und das auch gern kundtat.

»Oh, ich habe ins Schwarze getroffen. Das tut mir wirklich leid!«

»Was willst du eigentlich hier, Fritz?«

»Habe ich dich beleidigt, lieber Freund?«

Otto dachte an den adligen Brauch des sich Duellierens und bedauerte ein paar Sekunden lang, dass so etwas in Worpswede nicht üblich war, abgesehen von der Tatsache, dass er keine Waffe besaß.

»Setz dich doch«, sagte Fritz nun mit versöhnlicher Stimme. »Lass uns ein Friedenspfeifchen rauchen.«

Otto setzte sich nicht, aber lehnte sich immerhin an die sonnenwarme Holzwand und stopfte seine Pfeife neu.

»Was macht Heinrich?«, fragte er zwischen zwei Zügen, nicht, weil es ihn wirklich interessierte, sondern nur, um etwas zu sagen, das die Spannung ein wenig milderte. Doch Fritz schien wieder einmal Lust zu haben, ihn auflaufen zu lassen. »Woher soll ich das denn bitte wissen?«, versetzte er mit einem Unterton, den Otto als hämisch empfand. Sofort ging er innerlich wieder in die Luft. »Na, es hätte ja immerhin sein können, dass du es weißt!«

»Schon gut«, sagte Fritz besänftigend. Herrgott, was war dieser Mann mimosenhaft! Seitdem er sich in diese Paula verguckt hatte, aber sich doch nicht für sie entscheiden konnte, war nichts mehr mit ihm anzufangen!

»Was sollte das?«, insistierte Otto.

»Entschuldige. Ich weiß nicht, wo Heinrich ist.«

Ein paar Minuten lang rauchten die Männer schweigend. Dann sagte Otto: »Wir müssen reden.«

Fritz sah zu ihm hoch, dann wieder auf den weiß getünchten Zaun, der das Vorgärtchen von der Straße abtrennte, wo ein paar Buben miteinander rangelten. Eine Kutsche fuhr ratternd vorbei, der Kutscher rief den Jungen etwas zu, und die verzogen sich anderswohin.

»Reden«, sagte Fritz mit gedehnter Stimme. »Bitte nicht.«

»Wie meinst du das?« Schon wieder war Otto gereizt; gleichzeitig fiel ihm aus dieser Perspektive von schräg oben zum ersten Mal auf, dass Fritz bereits ein paar weiße Haare in seinem Schnurrbart hatte. Aber das war auch kein Trost. Nichts entwickelte sich heute in seinem Sinn, dachte er erbittert. Erst Paula, die sich immer merkwürdiger verhielt, und jetzt Fritz, der ihn wie einen dummen Jungen behandelte und damit vermutlich auch noch recht hatte.

»Immer dieses Reden über uns und über die Zukunft Worpswedes und ob es sie gibt oder nicht«, sagte Fritz mit halb geschlossenen Augen und sah dabei fast so aus, als würde er ein Gähnen unterdrücken. »Das bringt uns doch nicht weiter, Otto. Entweder wir bleiben zusammen, oder alles läuft auseinander, das kann man doch durch noch so viel Reden nicht beeinflussen.«

»Aber …«

»Du willst immer alles klären und erklären, lieber Otto, und glaubst, so ließen sich Probleme lösen, aber oft ist das einfach nicht wahr. Manche Dinge sollte man gar nicht aussprechen, sonst verselbstständigen sie sich und bauen sich zu einem Popanz auf …«

»Und was schlägst du stattdessen vor? Die Dinge laufen zu lassen und so zu tun, als wäre alles in Ordnung?«

»Ja, warum nicht? Sei doch nicht so ungeduldig, vielleicht renkt sich alles von selbst wieder ein!«

»Ich gehe jetzt hinein«, sagte Otto so bedächtig, wie es ihm möglich war, damit man ihm seinen Zorn nicht anmerkte.

»Sei nicht beleidigt«, bat Fritz, aber Otto war genau das. Er schmollte wie ein kleiner Junge und konnte sich deshalb selbst nicht leiden.

»Wir haben zu viele Gäste im Barkenhoff«, sagte er missmutig. »So fängt es schon einmal an.«

»Du hast recht«, erwiderte Fritz zu seiner Überraschung.

»Du stimmst mir zu? Das ist ja etwas ganz Neues!«

Fritz überhörte die Spitze. »Gäste sind gut, sie bringen frischen Wind. Aber zu viele von ihnen verwässern unsere Ziele, unsere Gemeinsamkeiten.«

»Die wir ohnehin nicht mehr haben«, sagte Otto. »Jeder entwickelt sich in eine andere Richtung. Heinrich arbeitet für Unternehmen, er gestaltet Gegenstände des täglichen Gebrauchs, er zeichnet Werbeplakate! Das war nie die Idee Worpswedes!«

»So?«, fragte Fritz wieder mit diesem ironischen Unterton, und wieder war Otto verärgert, denn er wusste schon, was jetzt käme. Nämlich das: »Und was bitte war die ›Idee Worpswedes‹?«

»Ich gehe jetzt hinein. Du kannst gern hier sitzen bleiben, aber diese Diskussion haben wir schon so oft geführt, sie langweilt mich!«

»O bitte, Otto, nicht diese Miene eines traurigen Bassetthundes! Die Idee war, nicht mehr länger der Studiomalerei zu frönen, sondern uns von der Natur anregen zu lassen. Und das tun wir auch, jeder auf seine Weise, zugegeben, aber natürlich hat auch die Natur und das Ursprüngliche der Menschen hier, ihre – nun ja – durchaus malerische Armut, ihre Grenzen.«

»Das sagst ausgerechnet du, Meister der Intoleranz, Sturkopf in Person, der einer Künstlerin wie Paula ihre eigene Sichtweise nicht zugestehen will, sondern auf seiner Art beharrt, die Dinge zu sehen und abzubilden.«

»Ah, jetzt kommen wir der Sache näher.«

»Unsinn!«

»Wir lassen uns von der deutschen Natur in ihrer ganzen Pracht inspirieren, also malen wir das, was wir sehen.«

»Bitte nicht schon wieder diese Predigt, Fritz!«

Doch Fritz ließ sich nie beirren, schon gar nicht bei seinem Lieblingsthema, also fuhr er mit steigendem Furor und immer lauterer Stimme fort: »Wir träumen nicht, wir interpretieren nichts in unsere Motive hinein, jedenfalls nichts Verfälschendes, nichts in die Irre Führendes, wir sind so wahrhaftig wie möglich, wir erfinden nichts: Die Wahrhaftigkeit war unser Credo, von Anfang an.«

»Na und? Entwicklungen und Veränderungen müssen möglich sein.«

»Ja, das sagst du, weil deine Paula völlig anders malt, in einem völlig anderen Geist, und das, was sie macht, macht sie nicht einmal gut.«

»Das behauptest du!«

»Das sagt jeder, Otto! Paula und Clara drängen sich hier herein und tun so, als gehörten sie dazu, reden aber die ganze Zeit von Frankreich …«

»Sie waren deine Schülerinnen!«

»Und haben nichts gelernt, stattdessen jede Menge moderner Flausen im Kopf. Wenn ich noch einmal das Wort Paris aus Paulas Mund höre, diesen schwärmerischen Tonfall wie ein unreifer Backfisch …«

»Sie war nun einmal dort! Monatelang, nicht wie

wir nur ein paar Wochen, und das hat sie auch in künstlerischer Hinsicht geprägt! Natürlich spricht sie davon!«

»Was will sie denn dann hier?«

»Sie liebt Worpswede! Das eine hat doch mit dem anderen gar nichts zu tun!«

»Ach was! Sie weiß überhaupt nicht, was und wohin sie will! Das ist alles nur …«

»Vorsicht, Fritz!«

»… das Geplänkel einer jungen Frau, die noch keinen Mann gefunden hat und sich wichtigtut mit ihren krausen Ideen einer anderen, *neuen* Malerei.«

»Das ist einfach … unverschämt.«

»Mag sein, dass du das so siehst. Aber ehrlich gesagt ist es mir egal. Sei weiter verliebt und beachte einfach nicht, was vor deinen Augen passiert.« Und mit diesen einigermaßen rätselhaften Worten stand Fritz auf, strich sich seine zerknitterten Leinenhosen glatt, öffnete das Gartentürchen und verabschiedete sich mit einer steifen, wortlosen Verbeugung – ließ also Otto einfach in seinem blühenden Vorgärtchen stehen, wo Letzterer am liebsten wie Rumpelstilzchen mit dem Fuß aufgestampft hätte. Was er im Übrigen nur deshalb nicht tat, weil die Bäckerin Frau Schmidt des Wegs kam und ihn freundlich grüßte.

Otto quälte sich ein schiefes Lächeln ab, winkte der voluminösen Frau Schmidt unter ihrer gleichermaßen riesigen Haube hastig zu und ging hinein.

In der kühlen, dämmrigen Diele kam er schließlich wieder ein wenig zu sich. Er lief mit langen Schritten in sein Schlafzimmer, warf den muffigen Anzug von sich und zog sich seine mit Tausenden bunten Ölfarbensprenkeln gemusterten Malerkleider an. Danach schwang er sich auf sein Fahrrad und fuhr über das wacklige Kopfsteinpflaster in sein Atelier, wo er ein Landschaftsbild fertigstellen wollte, das er »Sturm im Teufelsmoor« getauft hatte.

Was ziemlich genau seiner aktuellen Stimmung entsprach.

10

Nachts wachte Marleen auf, nachdem sie sehr intensiv von etwas geträumt hatte, an das sie sich kaum eine Minute später nicht mehr erinnern konnte. Sie dachte angestrengt nach, aber es fiel ihr nicht mehr ein. Über ihrem Bauch lag ein Bein, das wahrscheinlich ihrem jüngeren Bruder Berthold gehörte. Sie hob das Bein an und schob es weg, und Berthold (wenn er es denn war) drehte sich zur anderen Seite und grunzte im Schlaf mit einem leisen, empörten Unterton.

Marleen setzte sich auf und kletterte dann vorsichtig über ihre Geschwister, aber die zweijährige Hiltrud begann natürlich trotzdem zu weinen, was Marleen veranlasste innezuhalten, bis sich Hiltrud wieder beruhigt hatte. Sie verharrte reglos in der Hocke auf dem Strohballen und starrte in die Dunkelheit, wartete darauf, dass sich die scheinbar undurchdringliche Schwärze in ein undefinierbares Grau verwandelte, aus dem immer mehr Gegenstände auftauchten, die sich langsam zu einem vertrauten Bild fügten.

So wie es Marleen gewohnt war, wenn sie sich nachts auf den Weg nach draußen machte.

Hiltrud schlief tatsächlich wieder ein. Marleen erkannte es an ihren leicht schnorchelnden und manchmal sekundenlang stockenden Atemgeräuschen, die vermutlich daher rührten, dass Hiltrud ständig erkältet war. Wenig später stand Marleen barfuß auf den Holzbohlen, schlich sich zur Tür, und dann hatte sie auch schon den Riegel mit beiden Händen vorsichtig zurückgeschoben und ging nach draußen ins kalte Mondlicht, von dem man immer glaubte, dass es hell genug war, um alles sehen zu können, aber schnell merkte, dass es schon furchtbar schwer war, kurze Entfernungen einigermaßen richtig einzuschätzen.

Mondlicht war Geisterlicht. Man entdeckte Dinge, die es nicht gab, und stolperte über solche, die es gab. Die Wirklichkeit war verschoben, und dahinter ahnte man eine ganze Welt voller geheimnisvoller Schatten.

Marleen fühlte sich davon angezogen, ohne dass sie hätte erklären können, warum. Und deshalb wusste auch niemand etwas von ihren nächtlichen Ausflügen. Ihr Vater Jan hatte ihr erklärt, dass man – im Gegensatz zu den Grusellegenden, die alte Bauern kleinen Mädchen wie Marleen mit Wonne erzählten – in den Schlammlöchern des Moors nicht ertrinken konnte, und er hatte es ihr sogar demonstriert: Er hatte sich extra in so ein Schlammloch begeben und war nicht untergegangen wie etwa in einem See oder Fluss. Ein Mensch, hatte er ihr erklärt, war dafür nicht schwer genug.

Auch kein sehr dicker Mensch?

Egal wie dick, Marleen.

Aber …

Dicke Menschen haben vielleicht zu viel Luft im Bauch. Die hält sie oben. Jedenfalls gehen die auch nicht unter. Das ist einfach so.

Aber doch nicht alle dicken Menschen haben Luft im Bauch, Papa.

Himmel, Marleenchen, wie viele dicke Menschen kennst du denn?

Allerdings, hatte Jan ihr erklärt, fanden die Füße in der wässrigen Masse manchmal keinen Halt mehr, und die Hände erreichten den rettenden Rand des Lochs nicht rechtzeitig. Und da das Wasser im Moor sehr kalt war, bedeutete das, dass man im Moor zwar nicht ertrinken, jedoch durchaus an Unterkühlung sterben konnte. Weshalb es allen Kindern – *auch dir, Marleenchen!* – strengstens verboten war, ohne erwachsene Begleitung dorthin zu gehen.

Was Jan nicht ahnte, war, dass Marleens Vorstellungskraft anschließend verrückt spielen sollte und sie sich in der Folge ein grässliches Gruselmärchen ausdachte, in dem sämtliche Dorfbewohner wegen ihrer Sünden in verschiedenen Schlammlöchern feststeckten wie riesige Kerzen, um dort im Lauf der Zeit von unten langsam zu verfaulen und sich schließlich in blutroten Torf zu verwandeln. Auch diese Idee hatte Marleen von Jan. Er hatte seiner Tochter erzählt, dass Torf aus unvollständig abgebauten Pflanzenresten bestand.

Also, hatte sich Marleen gedacht, warum nicht auch aus Menschenfleisch?

Das war doch immerhin möglich!

Marleen lief und lief, ganz allein, aber umgeben von namenlosen Mysterien, und stand schließlich am Ufer der Hamme. Sie hatte Angst, so ganz allein in dieser fremdartig anmutenden Landschaft, gleichzeitig gab es eine Kraft in ihr, die sie weiter vorantrieb, eine Energie, der sie sich nicht widersetzen konnte. Sie legte den Kopf in den Nacken und sah nach oben, direkt hinein in den weißen Mond mit seinen komischen grauen Löchern. Er war hell, aber er blendete nicht. Er kreiste um die Erde, doch auch um sich selbst, und er wurde von der Sonne beleuchtet, aber von der Erde verdunkelt, hatte die Lehrerin erklärt, und dass das Wort Monat vom Mond abgeleitet war, weil der Abstand zwischen Vollmond und Vollmond ziemlich genau neunundzwanzig Tage betrug. Gleichzeitig bewegte sich die Erde jedoch auch um die Sonne herum, und Marleen wurde ganz wirr im Kopf, wenn sie versuchte, sich dieses Chaos vorzustellen, das ganz offensichtlich aber eine ganz strikte Ordnung haben musste, denn irgendwie funktionierte ja alles, und zwar schon seit langer, langer Zeit.

Der Mond war nun fast weg, denn eine schmale Wolke hatte sich vor ihn geschoben. Nun erleuchtete er nur noch den Himmel, sodass man keine Sterne sehen konnte, während alles um Marleen herum ganz dunkel war und sie, falls das so bleiben sollte, Schwierigkeiten haben würde, wieder nach Hause zu finden.

Zur selben Zeit saßen Paula und Rilke auf Paulas Sofa, das sie vor einigen Stunden ins Freie geschleppt hatten. Sie tranken kalten Früchtetee und redeten leise, mit vielen langen Pausen. Manchmal küssten sie sich, aber im Lauf der Nacht immer seltener. Paula wurde bewusst, was sie für Rilke empfand; es war weniger eine rasende körperliche Leidenschaft, eher eine tiefe schwesterliche Zuneigung, die manchmal allerdings auch ins Erotische überging, wie eine sanfte Welle, die das Ufer benetzte und sich danach vorsichtig wieder zurückzog.

Der Mond wanderte, mal sichtbar, mal hinter Wolken verborgen, quer über den Himmel und verschwand schließlich hinter den Birken.

»Ich möchte nicht, dass du nach Paris gehst«, sagte Rilke, nachdem er lange darüber nachgedacht hatte, ob er es wirklich noch einmal – und in dieser Ernsthaftigkeit – aussprechen sollte. Paula lehnte sich an ihn. Sie trug ihre Haare offen, und ein paar davon kitzelten ihn in der Nase, aber er bewegte sich nicht.

»Ich gehe ja vorerst gar nicht«, murmelte Paula, das Gesicht in seinem Jackett im russischen Offiziersstil vergraben, dessen Kragen mit außergewöhnlichen goldenen Bommeln geschmückt war.

»Aber du sprichst immer wieder davon! Ich habe Angst, dass du mich hier allein lässt.«

»Ich kann doch nicht nach Paris, Rainer, das ist alles nur Gerede. Wenn es so bleibt wie bisher und ich weiterhin keine Ausstellung bekomme, keine Bilder verkaufe und mich auch kein Galerist entdeckt, dann kann ich ja nicht einmal hier bleiben.«

»Was heißt das?«

»Ich werde einen Beruf ergreifen müssen. Das heißt es.«

»Einen … Beruf?«

Paula musste lachen; die Frage klang so entsetzt, als hätte sie angekündigt, sich als Stallmagd bei einem Kleinbauern zu verdingen.

»Viele tun das«, sagte sie. »Ich bin doch nicht die Erste, die von ihrer Kunst nicht leben kann.«

»Aber was willst du denn dann tun?«

»Ich habe immerhin eine Lehrerinnenausbildung. Ich wäre also zum Beispiel Gouvernante bei einer Familie für Kost und Logis und einen nicht allzu niedrigen Lohn, von dem ich etwas fürs Alter zurücklegen könnte. Wenn die Familie reich genug ist, wird sie vielleicht viel reisen, und so würde ich fremde Länder sehen, in die ich sonst nie käme …«

»Hör auf!«

»Ich könnte in meiner Freizeit malen. Und ansonsten würde ich Kinder auf dem Weg ins Erwachsenwerden betreuen, ich würde sie unterrichten, Erziehungsaufgaben übernehmen … Es ist eigentlich eine wunderschöne Vorstellung. Natürlich kommt es auf die Arbeitgeber an, aber darauf würde ich schon achten. Ich würde nicht jedes Angebot annehmen.«

»Das kannst du nicht tun!«, rief Rilke mit ungewohnter Heftigkeit. »Ich erlaube es nicht. Du bist eine Künstlerin, du hast eine Verpflichtung dir und der Welt gegenüber!«

»Das weißt du doch gar nicht, du hast bisher nicht eins meiner Bilder gesehen!«

»Lass sie mich sehen! Jetzt gleich!«

»Nein. Nicht heute, nicht morgen. Ich muss mir erst über ein paar Dinge klar werden.«

»Welche Dinge denn? Ich kann dir bestimmt helfen.«

»Niemand kann mir helfen, ich muss das allein schaffen, verstehst du? Vielleicht bin ich auf dem falschen Weg, aber das kann nur ich allein entscheiden.«

»Ich weiß, dass es nicht so ist. Alles, was du tust, ist richtig.«

»Du bist wunderbar«, sagte Paula zärtlich und küsste ihn, und er küsste sie zurück, und es gab einen Moment, in dem sie dachte, es könnte so weitergehen und immer weiter, aber dann war da wieder diese Hemmung, diese Befürchtung, vielleicht etwas Falsches zu tun, und sie entzog sich ihm langsam.

»Paula«, flüsterte Rilke.

»Ja?«

»Sei nicht so!«

»Wie denn?« Sie schob ihn sanft von sich, nahm seine Hände, die sich auf Wanderschaft in Regionen befanden, in denen sie nichts zu suchen hatten.

Jedenfalls noch nicht.

»Wir haben doch Zeit«, sagte sie.

»Aber du bist so schön, so süß …«

»Trotzdem. Bitte nicht.«

»Du quälst mich.«

»Bitte, Rainer.«

»Meine kleine preußische Protestantin.«

»Ich komme aus Bremen, lieber Rainer!«

»Dann eben eine Preußin im Geiste.«

»Du hast recht. Vielleicht bin ich das.«

11

Beim Sonntagsdiner auf dem Barkenhoff gab es diesmal Rehrücken und dazu einen französischen Rotwein. Anwesend waren unter anderem neben Paula, Clara, Rilke, Otto, Heinrich und Fritz auch der vierte Gründer der Künstlerkolonie, Hans am Ende. Hans wohnte mit seiner Frau Magda neben dem Barkenhoff in der Villa Buchenhof. Eigentlich ging er ohne seine Frau nirgendwohin, doch an diesem Tag war sie unpässlich.

Paula setzte sich neben ihn und machte ihm ein Kompliment über seine neue Radierung.

»Ich liebe ›Die Mühle‹«, sagte sie. »Sie ist so zart und fein gestaltet, und es bleibt trotz der wunderbar realistischen Anmutung genug Raum, um sich die Landschaft vorzustellen.«

Hans nickte gemessen und dankte ihr höflich, jedoch auf eine Art, dass Paula sich zurückgewiesen fühlte und gleich traurig wurde, obwohl sie, wie man ihr dauernd versicherte, doch im Grunde ihres Herzens ein positiver, lebensbejahender, beinahe etwas zu sorgloser Mensch war. Aber Worpswede schaffte es zuverlässig, Grauschleier über ihre Stimmung zu werfen, und sie grübelte erneut, ob das nur an der Kritik ihrer männlichen Kollegen lag oder doch an ihrer eigenen künstlerischen Unsicherheit, die sie sich nicht eingestehen wollte. In Paris hatte sie an sich geglaubt, in Worpswede zweifelte sie nach einem kurzen Höhenflug im Sommer wieder einmal an ihrer Berufung, ihrem Können, ihrem gesamten Leben. Zu allem Überfluss war ihr heute ein weiterer Brief ihres Vaters zugestellt worden, in dem es wie üblich um die prekäre finanzielle Situation der Familie ging, verbunden mit der Aufforderung, sich »den Tatsachen« endlich zu stellen und nicht länger »Wunschträumen nachzuhängen«, die sich nicht verwirklichen ließen.

»Ich hoffe, Magda geht es bald besser«, sagte sie in dem Versuch, all das abzuschütteln und so vergnügt und warmherzig zu wirken, wie man sie hier kannte und mochte, und tatsächlich wandte sich Hans ihr zu, viel freundlicher als gerade eben noch, und antwortete: »Komm uns doch wieder einmal besuchen, liebe Paula. Magda hat dich so gern.«

»Oh, das beruht auf Gegenseitigkeit! Ihr seid so ein wundervolles Paar. Eure Liebe durchströmt euer ganzes Haus mit rosarotem Licht.«

»Wie hübsch das klingt! Das werde ich Magda erzählen. Sie wird sich freuen.«

»So viel Liebe macht mich ja beinahe eifersüchtig«, mischte sich Otto ein, der den beiden gegenübersaß.

»Eifersüchtig?«, fragte Hans erstaunt, der vermutlich als einziger Worpsweder Ottos Schwäche für Paula noch nicht mitbekommen hatte. Paula wurde rot und starrte in ihren Schoß, Clara nahm von der anderen Seite ihre Hand und drückte sie, doch ihr Retter war ausgerechnet Fritz Mackensen, Paulas strengster Kritiker.

Er beugte sich vor und verwickelte Hans in ein Gespräch über die Ehe an sich und im Besonderen, und bald mischten sich auch die anderen Gäste ein – alle außer Paula und Otto, doch beide aus unterschiedlichen Gründen.

»Die Ehe ist der Tod der Liebe«, sagte Rilke, und Heinrich und Fritz stimmten ihm beide zu – Letzterer hob sogar sein Glas darauf –, während Clara und Hans laut und bestimmt widersprachen und Heinrichs geliebte, doch noch nicht geehelichte Martha sich konzentriert ihrem Essen widmete, als gäbe es keine interessantere Betätigung, als Blumenkohlröschen zu halbieren und über den Teller zu verteilen.

Später begaben sich die Männer nach draußen, um Cognac zu trinken und zu rauchen, und diesmal gingen alle drei Frauen mit, als hätten sie sich abgesprochen. Der Abend war einigermaßen warm, und die Gäste setzten sich auf die Stufen der geschwungenen Freitreppe.

»Wie wäre es mit einem Gedicht, Rainer?«, fragte Fritz, schon leicht angetrunken. »Eine Ode auf die Liebe ohne Verpflichtungen.«

»Warum diese Einschränkung?«, fragte Martha, und alle drehten sich überrascht zu ihr um, denn Martha trug nur sehr selten etwas zur Unterhaltung bei.

»Sie hat recht«, sagte Paula. »Liebe kann doch alles sein. Vielleicht führt sie zur Ehe, vielleicht bleibt sie Strohfeuer und leidenschaftliche Erinnerung. Nur muss man die Option Ehe doch nicht von vornherein ausschließen, nur weil mancher glaubt, nicht dafür geschaffen zu sein. Warum willkürliche Grenzen setzen, wo die Liebe doch alle Möglichkeiten in sich birgt?«

»Wer heiratet, gibt sich auf, Paula«, sagte Fritz und stürzte seinen zweiten Cognac hinunter. »Aber du bist eine Frau und fixiert auf die Ehe. Ich nehme dir das nicht übel.«

»Ich bin eine Frau, na und?«

»O bitte, Paula!«

»Wer gibt dir das Recht, mir zu unterstellen, dass ich nichts anderes im Kopf hätte, als geheiratet zu werden?«

»Wirst du jetzt zur Suffragette?«

»Und wenn?«

»Schon gut. Keifende Frauen …«

»Ich keife nicht!«

»Na schön, dann nicht!«

»Nein, das ist *nicht* schön. Das ist eine Frechheit.«

Bevor die Diskussion jedoch eskalieren konnte, mischte sich Heinrich ein und erinnerte an den Wunsch, ein Liebesgedicht von Rilke zu hören. Paula verstand, dass besonders sie zum Schweigen gebracht werden sollte, und beugte sich diesem unausgesprochenen Verdikt – immerhin war Heinrich der Gastgeber –, aber der Zorn brodelte weiter in ihr. Auch darüber, dass ihr heute niemand half, nicht einmal Clara.

Rilke ließ sich nicht lange bitten. Eilig wurde ein Bänkchen geholt und vor die Freitreppe platziert. Rilke stellte sich darauf, was ein wenig merkwürdig aussah, abgesehen davon, dass das Bänkchen gefährlich schwankte, doch das vergaß man, sobald er mit seiner schönen, tragenden Stimme zu deklamieren begann:

Gesehn, gehofft, gefunden,
gestanden und geliebt –
drauf eine Zahl von Stunden
durch keinen Schmerz getrübt.

Gequält, getrennt, geschieden
durch feindliches Bemühn –
dahin der Seele Frieden,
die süße Ruh dahin …

Sich liebend treu geblieben,
geklagt, gesehnt, geweint
und dann, im bessern Drüben,
auf ewig doch vereint.

»Das ist traurig«, sagte Martha nach einer längeren Pause, in der die Gesellschaft, jeder still für sich, die Worte nachklingen ließ. »Warum sind Liebesgedichte entweder süßlich oder bitter?«

»Weil die Liebe beides ist«, sagte Rilke und sah in ihr schönes, von braunen Locken umrahmtes Gesicht.

»Süßlich ist sie nie«, widersprach ihm Martha. »Süßlich ist etwas Unechtes.«

»Da hast du sicher recht.«

Einen Moment lang bedauerte Rilke, dass sie nicht ihm, sondern Heinrich gehörte, dann besann er sich auf Paula und suchte sie mit seinen Blicken. Doch offensichtlich war sie nicht mehr da, denn er konnte sie nirgendwo entdecken.

Am nächsten Morgen wartete Paula eine halbe Stunde lang in ihrem Atelier auf Marleen. Als das Kind schließlich außer Atem an die Tür klopfte, sah Paula sofort, dass etwas nicht stimmte. An ihrer rechten Wange prangte eine grünliche, verschrammte Beule. Marleen hüpfte auch nicht wie sonst herein und begann draufloszuplappern, sondern schien sich fast ihrer Verletzung zu schämen.

»Was ist passiert?«, fragte Paula, nachdem das Kind auf seinem Stuhl Platz genommen hatte.

»Nichts.«

»Aber …«

»Nichts!«

Marleen hielt die Augen gesenkt, und Paula verstand, dass sie ihr neues Werk nicht, wie geplant, heute beenden würde.

Sie ließ die Augen zwischen der Staffelei und Marleen hin und her wandern und erkannte plötzlich etwas, das ihr zuvor nie aufgefallen war: eine untergründige Traurigkeit, die sowohl das Bild als auch Marleen ausstrahlte.

Sie stand auf und ging zum Waschbecken, wischte den Pinsel mit einem Lappen ab und ließ anschließend Wasser, vermischt mit einer hochalkalischen Lösung, darüberlaufen.

»Was machst du da?«, fragte das Kind. »Willst du mich nicht malen?«

»Ich dachte, wir unternehmen heute vielleicht etwas zusammen. Hast du Lust?«

»Was denn?«

»Zum Beispiel … rausgehen!«

»Krieg ich dann aber trotzdem das Geld?«

»Natürlich! Und jetzt komm! Wir spielen Fangen!«

Nachdem sie ein paar Stunden lang im Freien herumgetobt hatten und Paula sich so unbeschwert wie zuletzt als Kind gefühlt hatte, kehrten sie erhitzt ins Atelier zurück. Paula bereitete für sich und Marleen einen Tee zu, und Marleen setzte sich auf ihren Stuhl, nun ein wenig befangen.

»Tut das weh?«, fragte Paula am Samowar, ohne sich zu Marleen umzudrehen.

»Was?«

»Die Beule an deiner Backe. Tut sie weh?«

»Ach die. Nä!« Marleen drückte aber doch prüfend auf die Schwellung.

»Is nich schlimm«, befand sie.

»Wie ist denn das passiert?«

»Weiß nich.«

»Das glaube ich dir nicht.«

»Is aber so. Malst du mich jetzt?«

Paula setzte sich mit den zwei dampfenden Teetassen aufs Sofa und stellte sie auf dem Tischchen davor ab. »Setz dich zu mir«, sagte sie.

Marleen zögerte.

Dann setzte sie sich neben Paula, und Paula legte den Arm um sie. Marleen machte sich steif, doch nach einiger Zeit wurde ihr Körper weicher, und sie schmiegte sich schüchtern an Paula. So saßen sie eine Weile nur da, und dann fragte Marleen: »Warum hast du keinen Mann?«

»Wer sagt dir, dass ich keinen habe?«

Marleen sah zu ihr hoch und grinste. »Na, wer einen Mann hat, muss viel arbeiten. Der kann nicht einfach so dasitzen und malen und so Zeug.«

»Nicht?«

»Nä! Der kriegt Kinder. Eins nach dem andern.«

»Ach wirklich?«

»Jou. Manche Frauen sterben dann, andere nicht.«

»Also, wenn ich mal ein Kind haben sollte, dann wünschte ich mir, es wäre genau wie du.«

»Nä!«

»Ich schwör's. Und jetzt trink deinen Tee.«

12

Ein paar Tage später hatte Paula Marleens Porträt so weit fertiggestellt, dass sie das Kind eigentlich nicht mehr brauchte. Es ging jetzt nur noch um formale und farbgebende Feinheiten – die Anverwandlung, wie Paula diesen Prozess nannte, ein Ausdruck, der besagte, dass sie nun dem Bild ihren individuellen Stempel aufdrücken würde (wie eitel das speziell Fritz Mackensen wohl fände, wenn er davon wüsste!). Und obwohl dabei Marleens Anwesenheit eben tatsächlich nicht mehr nötig war und in mancher Hinsicht sogar hinderlich sein konnte, brachte sie es doch nicht übers Herz, sie einfach für immer wegzuschicken.

Wie oft ihr das mit Modellen schon so gegangen war: eine fast schon innige Freundschaft, die sich durch die langen, intimen Sitzungen wie von selbst ergeben hatte, und der schmerzvolle Abschied danach.

Der verletzte Blick der Kinder und jungen Frauen, als hätte Paula sie um etwas Wesentliches betrogen und beraubt. Paula versuchte dies zu ignorieren – all diese Schicksale, wenn sie sich damit beschäftigte, würde sie nie wieder malen können! Normalerweise gelang ihr das gut, wenn auch den Männern noch ein bisschen besser als ihr. Bei Marleen war es zum ersten Mal anders. Nicht nur, dass Paula sie richtig lieb gewonnen hatte, sie spürte auch, dass Marleen, trotz ihres losen Plappermauls ein eher eigenbrötlerischer Mensch, sich ihr langsam zu öffnen begann, und das ausgerechnet zu dem Zeitpunkt, an dem die Arbeit so gut wie beendet war.

Außerdem war Marleen etwas Besonderes.

Alles an ihr war anders und in seiner Andersartigkeit bezaubernd. Ihr Gesicht mit den unregelmäßigen Zügen und der unglaublich zarten Haut, ihre Augen, die die Farbe wechselten, wenn Marleen traurig war, und knallblau leuchteten, wenn sie sich freute, und ihr mit Raubeinigkeit kaschiertes empfindsames Wesen.

Was zur Folge hatte, dass Paula die Stunde der Wahrheit immer weiter vor sich herschob.

Also kam Marleen weiterhin fast jeden Tag, wurde für ihre Anwesenheit bezahlt, erzählte Paula mehr und mehr aus ihrem Leben. Auch von der Beule, die sich so auffällig von ihrer Blässe abhob und deren Farbe im Verlauf der Abheilung von Dunkelblau zu schmutzig Gelb wechselte.

Marleen war nachts auf dem Heimweg gestürzt und hatte sich die Backe aufgeschürft. Am nächsten Morgen hatte sie es irgendwie geschafft, die Verletzung vor ihren Eltern zu verbergen, und war in die Schule gelaufen. Anschließend konnte sie ihrer Mutter den Bären aufbinden, dass sie in eine Prügelei geraten war.

»Du hast gelogen?«

»Jou.«

»Das tut man eigentlich nicht.«

»Aber die hätten mich doch nie wieder rausgelassen.«

»Warum musst du denn auch nachts raus? Was treibt dich denn dahin?«

Darauf hatte Marleen keine rechte Antwort gewusst, sondern einfach angefangen zu erzählen: von den flüsternden schwarzen Bäumen und dem silbrigen Gras und dem Wasser der Hamme, das im Mondlicht ganz finster aussah, aber manchmal auch hell wie ein Spiegel.

»Alles ist so anders. Ich bin dann auch anders.«

»Wie bist du denn?«

»Weiß nicht. Als wäre ich gar nicht lebendig. Als würde es mich gar nicht geben.«

»Du meinst, als wärst du in einer Art Totenreich?«

»Nä. Weiß nicht.«

»Aber …«

»Ich muss da hin, wenn der Mond scheint.«

»Du musst? Aber es zwingt dich doch keiner.«

»Ich muss trotzdem«, sagte Marleen störrisch. »Unbedingt. Und meistens ist das Wetter ja sowieso schlecht. Also stört's doch keinen.«

»Du darfst das trotzdem nicht tun. Deine Eltern haben ganz recht, wenn sie dir das nicht erlauben.«

»Die wissen das ja nicht, dann können sie's mir auch nicht verbieten.«

»Ach, Marleenchen. Was machen wir nur mit dir?«

»Du sagst auch Marleenchen.«

»Wer tut das denn sonst?«

»Mein Papa.«

»Soll ich dich lieber wieder Marleen nennen?«

»Nä. Aber du darfst niemandem was sagen.«

»Dass ich dich Marleenchen nenne?«

»Dass ich in der Nacht rumlaufe. Du musst es schwören.«

So war Paula nun die erste Erwachsene, die unter dem Siegel der Verschwiegenheit von Marleens nächtlichen Extratouren erfuhr. Ein Versprechen, das ihr

Sorgen aufbürdete, denn das, was Marleen da unternahm, war eigentlich zu gefährlich, um es für sich zu behalten.

Dazu kamen Paulas Geldprobleme, die sie jahrelang hatte ignorieren können, weil doch immer wieder eine unerwartete Finanzspritze von irgendwoher gekommen war, die ihr ermöglicht hatte, weiter zu malen. Die letzte verdankte sie dem Erbe eines verstorbenen Onkels; seinetwegen hatte sie monatelang in Paris leben und lernen können.

Aber jetzt ging ihr Barvermögen endgültig zur Neige; ein zu lange vor sich hergeschobener Kassensturz hatte ergeben, dass sie selbst bei größter Sparsamkeit noch höchstens zwei Monate durchhalten könnte.

Daran dachte Paula, als sie Marleen wieder einmal mit ein paar Pfennig Honorar nach Hause geschickt hatte. Eigentlich hatte sie es ihr heute sagen wollen – Marleenchen, das Bild ist fast fertig, aber du kannst mich immer besuchen kommen, wenn du magst –, aber dann hatte sie es wieder nicht übers Herz gebracht. Denn das Angebot mit den Besuchen war eine dieser höflichen Lügen, die Marleen wie alle anderen Modelle sofort durchschauen würde.

Marleens Aufenthalt bei Paula war an die Bedingung geknüpft, dass sie anschließend Geld nach Hause brachte. Tat sie das nicht, musste sie daheim bleiben und mit anpacken. In einem Haushalt wie dem der Kruses gab es immer genug zu tun.

»Tschüss, Marleenchen!«

»Tschüss, Paula!«

Marleen winkte ihr zu und hüpfte ahnungslos davon.

Später traf Paula sich mit Clara an der Mühle – dort, wo sie Otto vor einer guten Woche schmählich hatte warten lassen. Der Tag war windig und bewölkt, doch die Sonne spitzte ab und zu heraus und tauchte dann alles in goldenes Herbstlicht. Sie machten einen Spaziergang zur Hamme und sahen schon von Weitem eine Ansammlung lärmender Menschen.

»Sie fahren los«, sagte Clara. »Komm, lass uns hingehen!«

»Ja«, rief Paula, erfreut über die Ablenkung und zugleich verwundert, dass Marleen ihr nichts davon erzählt hatte. An der Anlegestelle Neu-Helgoland sahen sie mindestens acht Torfkähne, die offensichtlich startklar waren. Die braunen Segel waren gehisst und die Soden hoch aufgeschichtet. Dazwischen turnten die Männer herum und befestigten die Ware, während die Kinder, unter ihnen auch Marleen, herumtobten und die Frauen fröhlich miteinander plauderten.

Paula und Clara beobachteten das Spektakel aus sicherer Entfernung. Sie wussten, dass sich niemand beschweren würde, wenn sie sich dazugesellten, aber sie wussten auch, dass allein ihre Anwesenheit dazu angetan wäre, die Atmosphäre zu verändern. So planten sie also, höflich winkend an der Gruppe vorbeizuschlendern, wurden aber von Marleen gesehen, die laut nach Paula rief.

Nun mussten sie sich also doch den Leuten anschließen und feststellen, dass die Gespräche leiser wurden, vielerorts sogar ganz verstummten, denn sie waren nun einmal nicht Teil dieser Gemeinschaft.

Dann kam aber die hochschwangere Anne auf sie zu, bezog sie auf ihre ungezwungene Art in eine Unterhaltung ein, und plötzlich war alles ganz anders und sie mittendrin. Paula hatte plötzlich ein rotznasiges Kleinkind im Arm, und Clara ließ sich von Anne erzählen, wie lange die Männer bis nach Bremen unterwegs wären und dass sie, Anne, nie wusste, ob Jan wirklich nur beruflich dort war oder nicht doch in diversen Kneipen versackte, was die Heimfahrt jedes Mal mindestens um Tage verzögerte. »Seine Kumpel kannst du das nicht fragen, da sagt dir ja keiner die Wahrheit.« Anne zwinkerte Clara zu, und Clara nickte, einerseits amüsiert, andererseits auch ein bisschen schockiert, doch bevor sie weiterfragen konnte, sprangen die Männer an Land und umarmten Frauen und Kinder mit einigermaßen rauer Herzlichkeit. Einer zog Paula samt der kleinen Rotznase an die Brust und lachte sie an – ein ganz junger Mensch mit gebräuntem Gesicht, dicken, dunklen Locken und erstaunlich zarten Zügen.

»Wer bist du, hübsches Mädchen?«, rief er, und Paula sagte lächelnd: »Ich heiße Paula, und du?«

»Alfred der Schöne!«

»Eingebildet bist du gar nicht, was?«

»Wer schön ist, darf auch eingebildet sein. Was machst du so, wenn du nicht hier herumstehst?«

»Ich male.«

»Sie malt!« Alfred drehte sich zu einem imaginären Publikum und rief: »Hört mal, sie malt!«

Ein alter Mann gesellte sich zu ihnen. »Jungchen, du weißt aber auch gar nichts! Sie gehört doch zu diesen verrückten Leuten, denen man überteuerte Katen vermietet, weil das Landleben so romantisch ist.«

»Romantisch?«

»Ja, wenn man nicht jeden Tag um vier aufstehen muss.«

»Vielen Dank«, sagte Paula leicht gekränkt, doch dann kam schon Marleen und zupfte sie am Ellbogen, während Alfred ihr ins Ohr flüsterte: »Dann mal doch mich! Ich halte auch ganz still.«

»Das würde ich gern tun, schöner Alfred«, sagte Paula, »aber eigentlich male ich Männer gar nicht gern.«

»Gar nicht gern, soso. Aber bei mir kannst du doch eine Ausnahme machen.«

Und so ging das immer weiter, bis die Boote tatsächlich abfuhren, sich mit geblähten Segeln schaukelnd unter ihrer Last fortbewegten, so schwer beladen, dass man sich unwillkürlich fragte, ob sie wohl je ankommen würden.

13

Der erste herbstliche Gewittersturm wehte durch Bremen, peitschte gegen die Fenster, rüttelte an losen Ziegeln und produzierte ein warnendes hohles Pfeifen, bevor er seine Fracht bis in die Altstadt beförderte und dort lustvoll von sich schleuderte. Heftiger Regen setzte die Straßen innerhalb weniger Stunden unter Wasser, das gurgelnd abfloss, während der Wind weiter tobte und Paula mit ihrem Vater Carl Woldemar Becker die zehnte oder zwanzigste oder hundertste Diskussion über ihre finanzielle Situation führte.

Danach ging sie in ihr altes Kinderzimmer mit hübschem Blick auf die Schwachhauser Chaussee, wo zwar noch ihr Bett stand, sich aber ihre Mutter mittlerweile ihr Nähzimmer eingerichtet hatte. Paula setzte sich auf die Bettkante, scheu wie eine Besucherin, die sie ja auch war. Ihr Vater hatte ihr deutlich zu verstehen gegeben, dass diese Wohnung aufgehört hatte, ihr Zuhause zu sein.

Sie konnte hier ein paar Tage bleiben – als Gast.

»Du musst heiraten oder dir eine Arbeit suchen, mein liebes Kind. Dazwischen gibt es nichts«, hatte ihr Vater schon ganz zu Beginn gesagt und dabei sein altmodisches Monokel in sein rechtes Auge gekniffen, so angestrengt, als müsse er ein diffiziles Schriftstück entziffern, dabei saß er ganz gemütlich in seinem roten Samtsessel vor der Bücherwand voller goldgeprägter antiquarischer Ausgaben von Grimmelshausen bis

Goethe, während Paula wie eine Bittstellerin auf einem Schemel vor ihm hockte.

»Ich verstehe, Vater.« Sie senkte den Kopf, wissend, was nun folgen würde.

Und tatsächlich sagte Carl Woldemar in seinem üblichen sanften, fast ein wenig singenden Tonfall: »Ich bedaure das zutiefst, besonders weil wir dich sehr lieben und deinen Wunsch, Künstlerin zu sein, immer respektiert haben.«

»Ich weiß«, murmelte Paula und wollte noch etwas sagen, doch ihr Vater redete einfach weiter, sichtlich getragen von der Überzeugung, wirklich alles getan zu haben, was in seinen Möglichkeiten stand: »Wir haben dich bewundert für deinen Willen und deine Kraft, ja sogar für deinen Dickkopf. Aber nun liegen die Dinge anders.«

»Ja«, flüsterte Paula, die Augen immer noch auf den Parkettboden gerichtet, aber mit einer gewissen Aufmüpfigkeit in Haltung und Tonfall, die ihr selbst nicht bewusst war, ihren Vater jedoch schon immer geärgert hatte, ohne dass ihr das jemals klar geworden war.

»Haben wir dir nicht immer geholfen, Paula?«

Das klang schon etwas schärfer und war dennoch eine rein rhetorische Frage; sie führten ja stets dasselbe Stück auf.

»Doch, natürlich!«

»Hat Mama dich nicht immer unterstützt, häufig sogar gegen meinen erklärten Willen?«

»Ja!«

»Also?«

»Was willst du von mir hören, Papa?«

»Danke wäre ein guter Anfang.«

»O Gott! Danke, danke, danke!«

»Werd nicht frech!«

Paula begann völlig überraschend zu weinen, und daran merkte nun auch Carl Woldemar, wie verzweifelt sie wirklich war. Er räusperte sich peinlich berührt. In der Familie Becker war der Ton im Allgemeinen herzlich und liebevoll, aber Kummer zeigte man nicht.

»Kind«, sagte er hilflos und überlegte, ob er seine Frau holen sollte, die besser mit solchen Situationen umgehen konnte. Aber dann endete der Ausbruch so schnell, wie er begonnen hatte. »Entschuldige«, sagte Paula mit abgewandtem Gesicht, und ihr Vater reichte ihr ein weißes, in scharfe Falten gebügeltes Taschentuch, mit dem sie sich folgsam die Tränen abtupfte.

»Sollen wir später weiterreden?«, fragte er, für seine Verhältnisse ungewöhnlich zartfühlend, denn eigentlich war ja alles gesagt.

Paula schüttelte den Kopf, blieb aber weiter vor ihm sitzen, als warte sie immer noch auf irgendetwas – ein Wunder vielleicht.

Nach einer Pause sagte sie: »Ich muss nachdenken. Vielleicht gibt es noch eine Lösung.«

Und da geschah es leider, dass ihrem Vater endgültig der Geduldsfaden riss. *»Nachdenken?«*, rief er so laut, als müsste er den Sturm draußen übertönen. *»Nachdenken?«*, wiederholte er mit vor Bitterkeit dröhnender Stimme und fuhr dann so zornbebend fort, dass ihm sogar das Monokel aus dem Auge fiel: »Das tust du nun seit Jahren, Paula, ob in Paris, in Berlin, in London, in Bremen oder in deinem geliebten Worpswede, und es kommt *nichts dabei heraus* außer

Bildern, die *niemand* schätzt und *niemand* kauft. Es ist jetzt Schluss!«

»Ich …«

»Ein für alle Mal!«

»Vater …«

»Hast du verstanden? Es ist vorbei!«

Nach dieser unerfreulichen Szene hatte Paula nicht am Abendessen teilnehmen wollen und saß nun hungrig und schlapp auf dem Perserteppich vor ihrem Bett. Zwei Meter vor ihr stand die breitbeinige Singer-Nähmaschine, deren Firmenname geradezu angeberisch auffällig in das Metallgestänge integriert war. Rechts daneben befand sich ein Stuhl, auf dem ein halb fertiges, noch ungesäumtes Gewand lag. Es handelte sich, soweit man erkennen konnte, um eine Kniebundhose aus braunem Tweed, geschneidert für einen Erwachsenen. Paula starrte das Kleidungsstück an, als wollte sie sich jedes Detail einprägen – alles, um nur nicht wieder zu weinen, obwohl sie sich so entsetzlich fühlte, dass Weinen eigentlich die einzig angemessene Aktivität gewesen wäre. Gleichzeitig fühlte sie eine Art Taubheit, wie eine innere Weigerung, die Wahrheit anzuerkennen und entsprechende Entscheidungen zu treffen.

Sie war gescheitert. Anders konnte man es nicht ausdrücken. Kein Galerist interessierte sich für ihre Arbeiten, kein Sammler wollte Bilder von ihr haben, und ihre Eltern hatten sie im Grunde ebenfalls aufgegeben. Sie liebten sie, aber sie würden nichts mehr für sie tun.

Am nächsten Morgen frühstückte sie mit ihrer Mutter Mathilde. Sonst war niemand zugegen, speziell ihr Vater ließ sich nicht blicken. Das überraschte Paula nicht; wie sie ihn kannte, war ihm die entgleiste Diskussion mindestens so unangenehm wie ihr selbst.

»Ich möchte mich bei Papa entschuldigen«, sagte sie zu ihrer Mutter, während sie, trotz des entgangenen Abendessens völlig appetitlos, eine Brötchenhälfte mit Butter bestrich.

»Das wird deinen Vater freuen.«

»Ich weiß, er macht sich Sorgen, aber …«

»Es gibt kein Aber, Paula. Sosehr ich es dir auch wünschte.«

Mathilde sah ihre Tochter an, während diese lustlos in ihr Marmeladenbrötchen biss, diese begabte junge Frau, an deren Talent Mathilde niemals gezweifelt hatte, deshalb tat es ihr auch so weh, Paulas Kummer mit anzusehen, die Zerstörung all ihrer Träume.

Mathilde seufzte. Sie hatte nachts schlecht geschlafen, denn sie hatte sich mit Woldemar bis mindestens Mitternacht um Paulas Zukunft gestritten.

Wärst du ähnlich streng mit ihr, wenn sie dein Sohn wäre?

Natürlich, Mathilde, was soll diese Frage!

Das glaube ich dir nicht. Söhnen nimmt man es ab, wenn sie für ihre Ziele brennen. Man unterstützt sie.

Sie muss ihren Lebensunterhalt verdienen, genau das Gleiche verlange und bekomme ich von unseren Söhnen und unseren anderen Töchtern! Warum sollte sie eine Ausnahme sein?

Sie hat die Begabung, sie hat den Willen, sie braucht nur noch etwas Zeit.

Sie braucht Zeit, Zeit kostet Geld, und Geld haben wir nicht. Punkt.

Mathilde schloss kurz die vor Müdigkeit brennenden Augen, ohne dass es ihrer Tochter auffiel, die nun einmal, wie alle wahren Künstler, eine egozentrische Persönlichkeit war.

Du entschuldigst alles an Paula!

Das tue ich nicht, Woldemar, und das weißt du. Ich kenne sehr wohl ihre Fehler.

Aber mit deiner Affenliebe ignorierst du sie jedes Mal. Was hast du nur mit diesem Kind?

Vielleicht …

Nun?

… erinnert mich etwas an ihr an mich selbst …

Wie bitte? Was soll dieses Etwas denn sein?

Ich war jung, ich hatte Träume …

Und???

Nichts und, *Woldemar. Es ist alles so gekommen, wie es eben gekommen ist.*

Und das macht dich unzufrieden. Schön, dass ich das nun auch einmal erfahre.

Nicht unzufrieden! Manchmal ein bisschen melancholisch. Lass mir das, bitte!

Woraufhin sich ihr Mann beleidigt auf die Seite gedreht und mit vernehmlich tiefem Atem so getan hatte, als ob er eingeschlafen wäre. Dabei war er bestimmt genauso lange wach gelegen wie sie.

Mathilde seufzte wieder. »Du weißt ja, meine liebe Paula …«, begann sie, doch Paula fiel ihr ins Wort, gereizt und ein bisschen leiernd, als wiederholte sie eine bis zum Überdruss auswendig gelernte Philippika. »Vaters Bruder hat ein Attentat auf den König von

Preußen verübt, was Vaters beruflicher Laufbahn bei der Eisenbahn geschadet hat.«

»So ist es, mein liebes Kind. Das ist und bleibt die Wahrheit, auch wenn es langweilig sein mag, sie immer wieder zu hören.«

»Was zur Folge hat, dass wir knapp bei Kasse sind.«

»Was ist denn das für ein Ausdruck!«, rief ihre Mutter verärgert. »Schäm dich dafür!«

»Nun gut.« Paula seufzte und sah so traurig aus, dass Mathilde fast die Tränen kamen. Aber es nützte ja alles nichts, also fuhr sie fort: »Und für all das kann dein Vater überhaupt nichts. Er wurde in Sippenhaft genommen für eine unsäglich dumme und infame Tat, die er nicht begangen hat und von der er noch nicht einmal etwas wusste. So ungerecht ist die Welt.«

»Das stimmt, Mama.«

»Du hast fünf Geschwister, die das verstehen und alle ihren Weg gegangen sind, ohne …«

»Ja. Du hast recht.«

Mathilde nahm Paulas Hand, die sich kalt anfühlte, und sah ihr in das blasse Gesicht. Paula zog die Hand weg – und bereute es sofort. Doch es war zu spät; die Mutter war erzürnt über diesen Affront und läutete bereits nach dem Mädchen, das den Tisch abräumen sollte.

»Es tut mir leid, Mama«, rief Paula und versuchte nun ihrerseits, die Hand ihrer Mutter zu erhaschen, allerdings vergeblich. »Manchmal bin ich ein furchtbarer Mensch«, fügte sie hinzu, doch Mathilde sah kühl an ihr vorbei, hin zu dem verlegenen Mädchen im schwarz-weiß geschürzten Dienstbotinnengewand, das im Bemühen, unter den strengen Augen der Hausherrin alles möglichst flott zu erledigen, das Geschirr ungeschickt und viel zu hastig aufeinanderschichtete.

»Mach dich nicht schlechter, als du bist, nur weil du dich danebenbenommen hast«, sagte Mathilde, nachdem das Mädchen, mühsam das übervolle Tablett balancierend, das Esszimmer verlassen hatte. »Du bist ein lieber und guter Mensch, Paula, aber das sind deine Eltern auch. Ich habe auf deiner Seite gestanden, als niemand sonst es getan hat. Vater hat sich genauso für dich eingesetzt. Er leidet selbst darunter, dir nicht länger helfen zu können. Und du kommst nun trotzdem dauernd mit neuen Ideen, als wolltest du die Schwierigkeiten einfach nicht sehen. Es geht eben nicht alles so, wie man es gerne hätte.«

»Ich weiß, aber …«

»Kein Aber. Nimm dich zusammen und tue das Richtige!«

Nachmittags fuhr Paula mit dem Pferdeomnibus über die holpernden Straßen nach Lilienthal und stieg dort in ein ähnliches Gefährt nach Worpswede um. Sie fand nur noch Platz auf dem Dach des Busses, aber das war ihr ganz recht. Auf diese Weise hatte sie den schönsten Blick auf die durch den Regensturm überschwemmten Wiesen und die tiefschwarzen Moore, genoss die wunderbare, geheimnisvolle Landschaft, die sie nun bald verlassen würde.

Ihr Entschluss stand fest. Worpswede war Geschichte, ihre Laufbahn als Malerin ebenfalls.

14

In der Zwischenzeit waren in Worpswede wichtige oder völlig belanglose Dinge passiert – je nachdem, aus welcher Perspektive man sie betrachtete.

In der Nacht, in der sowohl Paula als auch ihre Eltern unglücklich grübelnd wach gelegen hatten, hatte es auch in Worpswede stundenlang gestürmt. Ein paar Stunden zuvor – der Himmel war schon bleigrau, doch noch war die Luft stickig und mild – waren sich jedoch Rilke und Clara Westhoff zufällig in der Nähe der Mühle über den Weg gelaufen beziehungsweise gefahren, denn beide waren nicht zu Fuß, sondern mit dem Rad unterwegs. Sie bewegten sich auf dem holprigen Feldweg aufeinander zu, und da sie einigermaßen ungeübt in der Kunst des Radfahrens waren, sahen sie sich erst in letzter Sekunde.

Also kurz bevor sie fast zusammengestoßen wären.

Sie bremsten ungeschickt und landeten – die eine links, der andere rechts – im Gras, wobei Clara sich den Knöchel verknackste und Rilke sie deshalb stützen musste. Mit den Rädern war das nicht zu bewerkstelligen, also stellte Rilke sie vorher an einer Birke ab.

Dann umfasste er Claras kraftvolle, ein wenig knochige Figur, und sie bewegten sich langsam voran. Ihm fiel auf, dass Clara, obwohl sie sich weniger weich anfühlte als Paula und dazu noch gehbehindert war, trotzdem geschmeidiger wirkte. Ihr Körper schmiegte sich ganz mühelos an seinen, und Rilke grübelte ernsthaft darüber nach, in welche der beiden jungen Frauen er sich nun verlieben sollte, so als wäre diese Überlegung bei entsprechender weiblicher Auswahl eine Art Pflichtprogramm.

Im Moment war ihm jedenfalls Clara näher, schlicht aufgrund ihrer Anwesenheit, gleichzeitig sehnte er sich aber nach der abwesenden Paula, die ihm erzählt hatte, dass sie für ein paar Tage zu ihren Eltern nach Bremen fahren müsse, um mehrere Dinge zu klären. Worum es dabei genau ging, hatte sie ihm allerdings verschwiegen, auch wenn er sich schon denken konnte, dass es sich dabei um Geld, beziehungsweise den Mangel daran, handeln musste – ein Thema, mit dem er sich ungern befasste, weshalb er nicht weiter nachgefragt hatte.

Aber nun war er doch neugierig und nahm sich vor, Clara ein wenig auszuhorchen. Seine Bemühungen, ein Gespräch anzufangen, waren allerdings wenig erfolgreich. Clara schien nicht in Stimmung für eine Unterhaltung; sie gehörte offensichtlich nicht zu den Frauen, die zwanghaft drauflosplauderten, um nur ja keinen Moment der Stille entstehen zu lassen.

Das gefiel Rilke einerseits, andererseits fand er diesen Schweigemarsch auch etwas beschwerlich, schon weil Clara alles andere als eine Feder war. Er riskierte einen vorsichtigen Blick auf ihr Profil. Das Kinn sprang etwas weit vor, was ihn allerdings nicht störte. Gerade dieser androgyne Flair hatte etwas Reizvolles, dachte er und wollte ihr gerade ein Kompliment machen, das in diese Richtung ging, jedoch nicht implizierte, dass sie ihm womöglich zu unweiblich wäre – er überlegte noch, wie er das am geschicktesten formulieren könnte –, da kam sie ihm zuvor.

»Was willst du eigentlich von Paula?«, fragte sie und erschreckte damit ihren Begleiter bis ins Mark.

»Wie bitte?«

»Ich glaube, du hast mich schon verstanden.«

»Sie … Du bist sehr direkt.«

»Ja, das sagen alle. Selbst Paula bin ich manchmal zu geradeheraus. Stört es dich?«

Rilke, erleichtert über diese Wendung, die ihn einer Antwort auf die allererste Frage enthob, stritt Letzteres mit seiner gewohnten Beredsamkeit ab, sang ein Loblied auf jene Offenheit und Ehrlichkeit, der sich besonders die Worpsweder befleißigten und die sich auf so angenehme Weise von der Heuchelei der feinen Gesellschaft unterscheide.

»Ach wirklich?«

»O ja! Es ist wunderbar, mit Menschen zusammen zu sein, die mutig sagen, was sie denken, ohne falsche Rücksichtnahme auf eventuelle Empfindlichkeiten …«

»Ich muss mich kurz hinsetzen«, unterbrach ihn Clara und steuerte ihn auf ein Bänkchen zu, wo sie sich beide niederließen und dann wieder eine Weile schwiegen. Die Luft wurde nun richtig drückend, während sich am Horizont Wolken auftürmten und leiser Donner ertönte.

Schließlich kündigte ein Windstoß den drohenden Wetterwechsel an.

»Wir sollten …«, begann Rilke, aber wieder fuhr ihm Clara in die Parade. »Angst um die Frisur?«, fragte sie spöttisch, und Rilke ärgerte sich, weil ihm nicht sofort eine schlagfertige Antwort einfiel. Er versuchte, sich nichts anmerken zu lassen, aber nach dieser Äußerung hätte er Clara am liebsten auf dem windschiefen Bänkchen sitzen lassen und wäre allein auf seinem Rad nach Hause geeilt.

Natürlich kam das nicht infrage.

Die ersten Tropfen fielen, der Wind wirbelte vertrocknete Blätter auf, und das Donnern kam näher. In der Ferne zuckten Blitze, der Himmel dräute nun in einem dunklen Anthrazit, und selbst Clara sah ein, dass Eile geboten war. Rilke nahm ihren Arm, und sie gingen nun so rasch, wie es Claras Humpeln erlaubte, zu Paulas Atelier, zu dem Clara einen Schlüssel besaß.

Das Gewitter war zu schnell für diesen Plan. Sie schafften es gerade noch in eine leere Scheune, die zu einem verlassenen Bauernhof gehörte. Kaum hatte Rilke die Tür mit dem schon reichlich verzogenen Holzriegel geschlossen, prasselte der Regen in schier unglaublicher Lautstärke gegen die maroden Wände. Es gab keine Sitzgelegenheit außer einem vergessenen und vermutlich verrotteten Heuballen in der Ecke der Scheune. Sie ließen sich dort nieder – es roch einigermaßen streng nach Schimmel –, und plötzlich hielten sie sich immer fester in den Armen, erst aus Angst vor den mörderisch lauten Donnerschlägen, dann aus einem anderen Grund.

»Du«, sagte Rilke; es klang überrascht, als hätte er Clara bislang gar nicht richtig wahrgenommen.

Clara dagegen schloss die Augen und verbannte Paula aus ihren Gedanken.

Teil 2

15

Zwei Tage später wurde Otto Modersohn von Gerede und Geschrei geweckt, das sich direkt vor seinem Haus in Worpswede abspielte. Er stand schwerfällig auf, warf einen kurzen Blick in den Spiegel über dem Waschbecken und sah einen angestrengt wirkenden Mann mit müden Augen. Er beugte sich nach vorn und inspizierte seinen beständig zurückweichenden Haaransatz, während der Bart munter wuchernd nach allen Seiten abstand.

Warum war es nicht einfach umgekehrt? Wer brauchte schon einen üppigen Vollbart?

Dieser vermaledeite Haarverlust verschob die Proportionen auf dermaßen ungünstige Weise, dass sich die gesamte Architektur seines Gesichts zum Schlechteren veränderte. Seine Züge waren nicht mehr klar und männlich, sondern fast effeminiert verschwommen, und das Gleiche galt für die Konturen. Seine ebenfalls nicht mehr sonderlich ausgeprägte Kinnlinie verbarg zwar der Bart, doch unter den Wangenknochen befand sich ein gut sichtbarer Gewebestau, während darüber das Volumen fehlte, was ihm ein melancholisches, fast kränkliches Aussehen verlieh.

Kurz: Alles bewegte sich in eine Richtung, nämlich abwärts.

Was unter anderem bedeutete, dass er Pausbacken bekam. Niedlich bei einem Kind, unvorteilhaft bei einem erwachsenen Mann, vor allem wenn selbige sich im Lauf der Jahre zu jenen hängenden, dicken Hauttaschen entwickelten, mit denen Karikaturisten brave Biedermänner auszustatten pflegten.

Ältlich, dachte er.

Behäbig.

Er wandte sich verärgert ab und schlurfte auf seinen kratzigen Filzpantoffeln zum Fenster. Vorsichtig – er kannte die Neugier der Worpsweder! – schob er den Vorhang zur Seite und linste auf die Straße schräg unter ihm, die wunderschön dalag im warmen frühmorgendlichen Sonnenlicht, das durch die Bäume fiel. Direkt vor dem Armenhaus hatte sich ein Grüppchen gebildet, aber diesmal handelte es sich nicht um lärmende Kinder. Er erkannte die Bäckerin Frau Schmidt, dann die Gattin des Bürgermeisters und noch mehrere andere honorige Frauen aus dem Dorf, die, so kam es Otto vor, alle zusammen auf eine ihm unbekannte schwangere Bäuerin in ihrer Mitte einsprachen, die – ohne Hut, mit wirrem Haar und in schlampiger Kleidung – vollkommen aufgelöst wirkte.

Otto öffnete das Fenster einen Spalt, zog sich hinter den Vorhang zurück und lauschte. Zunächst verstand er fast nichts. Das Stimmengewirr wurde lauter und wieder leiser, in einem seltsamen Rhythmus, der Otto an das an- und abschwellende Rauschen der Nordsee erinnerte.

Schließlich hörte er einen Namen: Marleen.

»Sie ist weg!«, schrie die Bäuerin nun plötzlich so klar und kalt, so endgültig und verzweifelt, dass es Otto fröstelte.

»Sie ist weg, und ich bin schuld!«

Und schon erhob sich wieder beruhigendes Gemurmel von allen Seiten, das sich wie eine flauschige Decke um die schrille Stimme zu legen schien.

Marleen.

Er dachte nach.

Vor seinem inneren Auge tauchte ein weißes Kindergesicht auf, und ihm selben Moment fiel ihm ein, wer Marleen sein musste. Er schloss das Fenster, wusch sich hastig mit einem Stofflappen und zog sich an.

Zur selben Zeit träumte Paula von einem überfüllten Café in Paris. Es war abends, dumpfes gelbes Licht machte die Augen dunkler und die Lippen bleicher, und Paula saß auf einem Barhocker vor einem *Café crème* und einem Croissant, obwohl um diese Zeit doch niemals Frühstück serviert wurde. Neben ihr befand sich ein großer Mann, der ihre Hand hielt, und nicht nur ihre Hand, sondern auch ihre Schultern und ihre Hüften, obwohl das, wie Paula erkannte, rein anatomisch gar nicht möglich war. Paula wollte diese lästige, allgegenwärtige Hand abstreifen, doch etwas hinderte sie daran: Ihr Körper war es, der sich vollkommen steif anfühlte und sich jedem Bewegungsbefehl widersetzte, und dann schüttelte sich Paula, kam ins Rutschen und dachte erleichtert, sie sei aufgewacht, doch in Wirklichkeit war sie nur in einen anderen Traum geglitten.

»Geh«, sagte jemand, und sie fragte: »Wohin?« Und da war dann dieser tiefe Kummer, gemischt mit Todesangst, und einen ewig langen Moment fürchtete sie, dass es nun so weitergehen würde. Sie würde nie wieder aufwachen, nie wieder lachen, sich nie wieder an etwas erfreuen, und schon wieder sagte jemand etwas, das sich bedrohlich anhörte.

»Kein Kind! Niemals!«

Dann wachte sie doch auf.

Schwer atmend.

Der Traum verschwand, aber das Unglück blieb.

Sie richtete sich auf. Ihre Kopfhaut spannte von dem Zopf, den sie sich abends viel zu fest geflochten hatte, und ihre Augen taten weh. Es roch nach dem erkalteten Rauch des ausgegangenen Kaminfeuers.

Am Fußende ihres Bettes stand ein lederner Schrankkoffer, der bis auf ihre Bilder und ein paar Dinge für den täglichen Gebrauch ihre gesamten Habseligkeiten enthielt. Paula hatte ihn bereits vor zwei Tagen gepackt – kaum eine Stunde nachdem sie in ihrem Domizil angekommen war. Seitdem befand er sich an diesem exponierten Platz, als stille Mahnung, ja nicht zu vergessen, was sie beschlossen hatte.

Nämlich: abzureisen in aller Stille.

Sich von niemandem zu verabschieden.

Sich sofort um eine Stelle zu bemühen.

Der Liebe auf ewig zu entsagen. (Eine Frau ohne Mitgift, dafür mit losem Mundwerk und schwierigen Ansichten war eine viel zu schlechte Partie.)

Die Malerei vielleicht als pure Liebhaberei weiterzubetreiben, aber sich nicht länger als Künstlerin zu betrachten. (Vielleicht konnte sie hübsche Porträts von den Kindern erstellen, die sie betreuen würde, und sich auf diese Weise etwas dazuverdienen).

Paula setzte sich auf den Bettrand, stellte die nackten Füße auf den kalten Holzboden und löste ihren

Zopf. Gedankenvoll fuhr sie sich durch die Haare, die sich weich und fest anfühlten und die kein Mann mehr berühren würde.

Eine halbe Stunde später saß sie vor ihren Bildern. Nicht um zu malen – diese Zeiten sollten ja nun endgültig vorbei sein –, sondern um ihre Werke zu sichten. Ein paar davon würde sie mitnehmen, andere vielleicht verschenken, den großen Rest vernichten. Bei dem Gedanken daran musste sie, wie immer, weinen, aber inzwischen waren die Tränen keine Erleichterung mehr, sondern nur noch lästig.

Gestern hatte sie Marleen gesagt, dass ihr Bild nun fertig sei, sie aber (es war sie so hart angekommen, als sie Marleens enttäuschtes kleines Gesicht sah!) immer Freundinnen bleiben würden. Nach dieser Lüge hatte sie sich einfach nicht von dem Kind trennen können und einen Spaziergang mit ihr gemacht, bei dem Marleen erwartungsgemäß ungewöhnlich stumm gewesen war.

Kurz bevor sie an dem Bauernhof der Kruses angekommen waren, der so malerisch und ein bisschen windschief dastand mit seinem Wetterhahn auf dem riesigen Reetdach, hatte Marleen dann doch etwas gesagt.

»Du könntest noch ein anderes Bild von mir malen.« Aber ihre Stimme war dabei ganz klein gewesen, so als wüsste sie die Antwort schon.

»Das ist eine wunderbare Idee, mein Liebes«, hatte Paula diplomatisch geantwortet.

»Ja?« Die Hoffnung, gebündelt in diesem einzigen kurzen Wort, zerriss Paula das Herz.

»Ich weiß es noch nicht, Marleenchen. Ich muss mir das noch überlegen.«

Natürlich hatte sie es nicht übers Herz gebracht, dem Kind auch noch von ihrer bevorstehenden Abreise zu erzählen. Stattdessen war sie mit ihr ins Haus gegangen, hatte ein wenig mit der hochschwangeren Anne geplaudert, während Marleens Geschwister, eine ziemlich geräuschvolle Rasselbande, alle auf einmal auf ihren Schoß wollten. Sie war fast anderthalb Stunden geblieben und hatte sich erst bei Einbruch der Dunkelheit auf den Nachhauseweg gemacht.

Sie hatte Abschiede immer gehasst, und dieser hier war besonders bitter.

Paula schwang sich aufs Rad und fuhr zum Barkenhoff, um sich zumindest von Heinrich zu verabschieden. Auf der Treppe saß Otto, der sich eine Pfeife stopfte und eine kurze Pause einlegte, bevor er sich auf den Weg zu ihr machen wollte.

»Otto«, sagte Paula und dachte, dass es nun mit dem Abschied auch gut und richtig war. Sie konnte ihm nicht länger aus dem Weg gehen, sie musste ihm jetzt und hier alles erklären.

Doch Otto ging es nicht um eine Aussprache. Er fragte sie nicht, weshalb sie ihm seit nunmehr mindestens zehn Tagen aus dem Weg ging, seine Briefe nicht beantwortete und sich nach ihrer Rückkehr aus Bremen nicht einmal bei ihm gemeldet hatte. Er teilte ihr lediglich mit, »wo du schon einmal hier stehst«, dass ein Bauernmädchen namens Marleen seit vorgestern Nacht verschwunden und ganz Worpswede darüber in Aufruhr sei.

»Die kennst du doch?«, fragte er. »Marleen?«, wiederholte er, als Paula keine Antwort gab, sondern ihn ansah, als nähme sie ihn kaum wahr.

»Paula?«

Paula setzte sich schließlich neben ihn und kramte eine Schachtel Zigaretten aus ihrer abgeschabten Ledertasche. Otto sagte dazu nichts, obwohl er sie bestimmt noch nie hatte rauchen sehen, sondern gab ihr Feuer, als ob eine rauchende Paula die selbstverständlichste Sache auf der Welt wäre. Vielleicht war es ihm ja mittlerweile auch ganz gleichgültig, was sie tat oder unterließ? Paula lehnte sich an seine Schulter, die sich tatsächlich hart und ein bisschen unbarmherzig anfühlte.

Otto war ein guter Mann. Manchmal streng, aber immer gerecht. Dass ihr das nicht reichte, war Schicksal, so wie alles andere.

Auch der Erfolg, den sie nicht hatte und nie haben würde.

Schon wieder kreisten ihre Gedanken um sie und ihre Probleme.

Das hatte ihre Mutter ihr vorgeworfen, kurz bevor sie weggefahren war.

Du denkst nur an dich.

Das stimmt doch nicht, Mama!

Du siehst mit deinen Maleraugen fast alles. Aber man sieht nur mit dem Herzen wirklich gut.

Paula hatte sich nicht beschwert über diese elende Plattitüde, sie war zu müde und zu traurig gewesen.

»Was ist passiert?«, fragte sie Otto.

16

Mittags kehrte Jan mit drei anderen Torfbauern aus Bremen zurück. Wie immer hatten sie nach Abliefern der Ware sämtliche umliegenden Lokale mit zweifelhaftem Ruf besucht und waren deshalb mit jeder Menge Restalkohol im Blut unterwegs. Das Segel blähte sich unter einer kalten Brise, und die verkaterten Männer froren trotz ihrer dicken Wollpullover. Nur Jan machte das Wetter nichts aus. Er stand mit einer selbst gedrehten Zigarette im Mundwinkel am Bug und genoss den Wind in den Haaren und das blauschwarze Wasser der Hamme unter ihm.

Sie näherten sich der Anlegestelle, und Jan sah einen Pulk von mindestens zwanzig Menschen, die offensichtlich auf sie warteten. Er drehte sich um. Der dünne Willie und sein bester Kumpel Stefan waren mit verschränkten Armen auf der Bank in der Mitte des Bootes eingenickt. Gernot, die Mütze tief ins Gesicht gezogen und so in seinen Schal gewickelt, dass nur noch die Augen frei blieben, saß im Heck an der Pinne.

»Guck ma«, rief Jan.

»Wat denn?«, kam es von hinten.

»Was machen die denn da? Die anderen sind doch alle schon zurück.«

»Dem schönen Jan …«

»Sehr witzig!«

»… einen großen Bahnhof bereiten.«

Jan lachte, halb wegwerfend, halb geschmeichelt, bis ihm klar wurde, dass das tatsächlich nur ein Witz sein konnte, was wiederum bedeutete, dass etwas passiert sein musste.

Er entdeckte Anne unter den Wartenden, reglos, mit ihrem blassen Gesicht, ihren schönen breiten Schultern und ihrem nun schon recht dicken Bauch, und ihm wurde mulmig zumute, obwohl Anne ja gar nichts machte, außer dazustehen und in seine Richtung zu starren. Und genau das war es eben. Dass sie da war. Ihn erwartete, obwohl sie das sonst nur tat, wenn er ausnahmsweise pünktlich war. Einen Tag zu spät – und es gab keine liebevolle Anne, die ihn am Ufer in Empfang nahm. Stattdessen eine zornige Anne zu Hause, die kein Wort mit ihm redete.

»Verdammt!«, rief Gernot von hinten. Er hatte es also auch gemerkt: Etwas stimmte nicht.

»Wat denn?« Das war Willies verschlafene, versoffene Stimme. Wenn er weiter so viel trank, würde er sein sein vierzigstes Jahr nicht mehr erleben.

»Der Auflauf da vorn«, sagte Gernot, und jetzt war überhaupt kein Lachen mehr in seiner Stimme. Wahrscheinlich hatte er seine zänkische und herrschsüchtige Frau Berta in der Menge ausgemacht, ein Prachtweib mit seinen himmelblauen Augen und den weizenblonden Haaren – allerdings nur, solange sie nicht den Mund aufmachte.

Warum sie wohl so war? So bösartig und unfreundlich trotz ihrer Schönheit? Oder vielleicht gerade deswegen? Keine Frage, die jetzt wirklich dringend nach einer Antwort verlangte, aber eine willkommene Ablenkung von dem, was sie erwartete.

Jan drehte sich eine neue Zigarette und zündete sie hastig an. Der bittere Geschmack beruhigte ihn ein paar Sekunden lang. Am liebsten hätte er auch noch einen Schluck Schnaps aus der Pulle genommen, die gut versteckt unter der zerknüllten Persenning lag, aber das war vermutlich im Moment nicht angebracht.

Sie waren nun so nah, dass es keinen Zweifel mehr gab: Die Frauen und Männer lachten und plauderten nicht wie sonst, sondern standen schweigend und stocksteif auf den Holzbohlen. Wie eine Abordnung aus der Hölle, schoss es Jan durch den Kopf, während sie das Anlegemanöver durchführten, wie sie es schon Hunderte Male getan hatten.

Ein paar Minuten später lag ihm Anne in den Armen und weinte so sehr, dass er glücklicherweise nicht alles von dem verstehen konnte, was sie ihm zu sagen versuchte: dass Marleen verschwunden und sie daran schuld war, aber natürlich nicht nur sie, sondern vor allem Jan, der nie da war, wenn man ihn brauchte, und, wenn man es recht bedachte, überhaupt kein richtiger Vater und Ehemann war, sondern sich benahm wie ein unreifer Trottel, weshalb es kein Wunder war, dass so etwas geschehen konnte, und sicher kein Zufall, dass es während seiner viel zu langen Abwesenheit geschehen war …

Jan hielt seine Frau fest, die abwechselnd schluchzte und schrie, so schrill und ohrenbetäubend, wie er sie noch nie erlebt hatte, und begriff nur, dass seine Tochter unauffindbar war. Ein Gefühl abgrundtiefer Hilflosigkeit breitete sich in ihm aus. Seine Beine wurden schwer und begannen gleichzeitig zu zittern, als sich das Begreifen seinen Weg in sein Innerstes zu bahnen begann …

Marleen, seine kleine, wunderbare, verträumte und ein bisschen verrückte Marleen war weg.

Und Wegsein, das bedeutete in ihrem Fall, dass sie vielleicht nicht mehr lebte.

»Nee«, sagte er leise, weil das nicht sein konnte, nicht sein durfte. Nicht Marleen.

Nachmittags trafen sich Otto, Heinrich, Rilke, Clara und Paula im Salon des Barkenhoffs. Martha servierte ihnen Kaffee, Tee und Gebäck und zog sich dann zurück, obwohl Heinrich sie bat, doch bei ihnen Platz zu nehmen. Aber manchmal konnte sie diese … Leute einfach nicht ertragen, ihre Wichtigtuerei, ihr zur Schau getragenes Künstlertum, das in vieler Hinsicht nur eine Ausrede für ungepflegtes Äußeres oder die Vorliebe für bis zur Albernheit auffällige Kleidung war, wie etwa die orientalisch anmutende Pluderhose, die Rilke heute trug und die an ihm einfach nur lächerlich aussah.

Echte Künstler, dachte Martha, während sie sich mit dem leeren Tablett in die Küche begab, hatten so etwas nicht nötig. Heinrich zum Beispiel kleidete sich ganz normal und seiner Position angemessen und war – bitte sehr, dachte Martha triumphierend – unter allen Worpswedern der erfolgreichste. Sie setzte sich an den leeren Küchentisch. Das Personal hatte heute frei, sie war allein, und normalerweise genoss sie diesen Zustand.

Aber jetzt beunruhigte sie die Stille auf eine Weise, die sie sich nicht erklären konnte. Und immer wenn sie in diesem Zustand war, half nur eins. Sie stand auf – hasste sich dafür, doch konnte nicht dagegen an – und ging ins Schlafzimmer.

Unter dem Bett, ganz hinten an der Wand, stand eine Flasche. Martha kroch unter das Bett und zog die Flasche hervor. Sie entkorkte sie, nahm einen kleinen Schluck, dann noch einen größeren. Die Flüssigkeit brannte in der Kehle und wärmte ihren Bauch. Und nach zwei weiteren Schlucken wusste Martha plötzlich nicht mehr, warum sie sich gerade eben noch so gegrämt hatte.

Sie schob die Flasche an ihren Platz zurück, gurgelte mit etwas Pfefferminzöl, richtete sich die Frisur (Heinrich liebte es, wenn sie adrett aussah und eben nicht so verschlampt wie diese Künstlerbräute) und ging nach unten. Die Stufen schienen ihr entgegenzukommen, ja beinahe zu schwimmen. Sie schwankte ein wenig, hielt sich am Treppengeländer fest, dann setzte sie sich hin und wartete darauf, dass der Schwindel verging.

Er würde in spätestens ein paar Minuten nachlassen, sie kannte das schon.

Sie lehnte den Kopf an das Geländer und horchte. Von hier aus konnte man Gesprächen im Salon gut zuhören, ohne dabei sein zu müssen. Das gefiel ihr. Langsam schloss sie die Augen. Um sich besser konzentrieren zu können, redete sie sich ein. Aber in Wirklichkeit war sie sterbensmüde.

Martha schreckte hoch, als die Tür zum Salon aufging und ein Mann herauskam, den sie noch nie zuvor gesehen hatte. Sie rieb sich die Augen wie ein Kind und gähnte, als wäre es ihr völlig egal, dass sie hier ein

Fremder in einem Zustand sah, der ihr eigentlich peinlich sein müsste.

Dabei schämte sie sich sehr wohl.

»Kann ich Ihnen helfen?«, fragte der Mann. Er stand an der Treppe und schaute zu ihr hoch. Martha schätzte ihn auf mindestens fünfzig. Sein Gesicht war hager und gerötet, das graue Haar hatte er zu einem ordentlichen Zopf gebunden. Unter seiner verschossenen schwarzen Jacke trug er ein weißes Beffchen.

»Sie sind Pastor?«, fragte Martha.

Der Mann lächelte und entblößte ein lückenhaftes Gebiss, wie man es in seinem hohen Alter eben hatte. »Ich bin ein Freund von Heinrich.«

»Ach.«

»Peter Grasmann, Pastor der St.-Martini-Kirche in Bremen. Es tut mir leid, dass er Ihnen nicht gesagt hat …«

»Was denn?«

»Nun, er hatte mich schon mehrfach eingeladen, und ich bin heute einfach gekommen. Ich wusste nicht, dass er verheiratet …«

»Wir sind nicht verheiratet«, sagte Martha. Sie spürte, wie sie langsam wieder nüchtern wurde, und das war ein unangenehmer Prozess.

»Oh. Ich verstehe.«

»Hat Heinrich Ihnen schon Ihr Zimmer gezeigt?«

»Ehrlich gesagt, nein. Es scheint ja … ähm … größere Verwerfungen zu geben.«

»Sie meinen das Mädchen, das verschwunden ist? Die taucht schon wieder auf.«

Der Pastor sah sie erstaunt an, und Martha wollte ihm gerade erklären, dass sie nicht so herzlos war, wie ihre Worte wohl klangen, aber sie konnte es nicht richtig formulieren; sie wusste, was sie sagen wollte, aber nicht, wie – und zu ihrem Entsetzen stellte sie außerdem fest, dass ihr die Tränen kamen, ohne dass sie die geringste Ahnung hatte, warum.

Der Gipfel der Peinlichkeit: vor einem fremden Mann zu weinen. Aber es half nichts. Sie schluchzte laut auf, während Pastor Grasmann unten im Flur verlegen von einem Bein aufs andere trat, Tröstendes murmelte, aber natürlich keine Sekunde lang auf die Idee kam, sich neben sie zu setzen und sie in den Arm zu nehmen. So etwas machte man in diesem Landstrich einfach nicht, und schon gar nicht als Kirchenmann. Der Pastor verbeugte sich stattdessen steif und hielt auf halbem Weg in der Bewegung an, weil er merkte, wie seltsam diese Geste anmuten musste.

Er stand noch ein paar Sekunden da, sah Martha beim bitterlichen Weinen zu, fühlte sich mehr und mehr wie ein Idiot und zog sich schließlich in einer Art seitlichem Krebsgang in den Salon zurück.

17

Dort wurde es mittlerweile lauter. Der Kuchen war längst verzehrt, während Kaffee und Tee nun mit diversen Schnäpsen angereichert wurden, was die Diskussion umso lebhafter gestaltete, auch wenn sich der Tatendrang in überschaubaren Grenzen hielt: Während also das ganze Dorf Worpswede Marleen im Moor suchte, die Männer sogar mit Fackeln ausschwärmten, weil es bereits zu dämmern begann, wollte man bei den Künstlern nichts überstürzen, und so ging es zunächst um allgemeine, eher theoretische Erwägungen und Analysen, die vielleicht in praktischem Tun münden würden, vielleicht aber auch nicht.

Einig war sich die Runde, den Zusammenhalt unter den einfachen Menschen als erstaunlich, ja in gewisser Weise sogar als großartig zu empfinden. Man schob – auch hier gab es keinen Widerspruch – dieses lobenswerte Verhalten auf die Härten ihres Daseins in einer trotz aller Schönheit unbarmherzigen Natur, der die Bauern unter extremen Anstrengungen alles abringen mussten, was sie unwillig hergab. Und man vermutete überdies tief greifende Mentalitätsunterschiede, sogar eine – durchaus positiv bewertete! – Nähe zum Erdig-Animalischen, das allerdings kaum vergleichbar war mit dem feinnervigen Naturell des Künstlers.

Der Pastor wand sich unbehaglich. Er hätte hierzu

einiges sagen können, doch er kannte außer Heinrich keinen der Anwesenden und wollte niemanden kränken. Ohnehin war er ein unauffälliger, bescheidener Mensch, der sich ungern in den Vordergrund spielte. Ganz im Gegensatz etwa zu Fritz Mackensen, der nun schon seit Minuten das große Wort führte.

»Dieser Landstrich schenkt einem nichts«, rief Fritz und schaute mit seinem stets ein wenig stechenden Blick in die Runde. »Denken wir an Italien …«

»Italien?«, fragte Otto erstaunt.

»Italien, ganz richtig, mein Lieber, lass mich nur ausreden! Dort wachsen die Zitronen, die Orangen und …«, eine weitere Südfrucht fiel Fritz gerade nicht ein, »… also, sie wachsen den Menschen dort quasi in den Mund.«

»Ganz so ist es nun auch wieder nicht«, ließ sich Rilke vernehmen, der im Gegensatz zu den meisten Anwesenden nicht nur vollkommen nüchtern, sondern auch bereits selbst durch Italien gereist war.

»Natürlich nicht, Rainer«, schaltete sich Heinrich ein und warf einen Blick zur Tür (wo blieb Martha nur; er musste demnächst einmal nach ihr sehen!). »Das war in gewisser Weise metaphorisch gemeint, nicht wahr, lieber Fritz?« Nichts hasste Heinrich mehr als Streit unter Freunden, insofern verfluchte er sich dafür, die Schnäpse überhaupt in Reichweite gestellt zu haben (und das bereits am Nachmittag! Da konnte ja nichts Gutes dabei herauskommen!).

»Nein«, sagte Fritz, tatsächlich schon ein wenig lallend, »ich meinte das ganz konkret. In einem warmen Land sind die Mühen des Daseins nicht vergleichbar mit der klimatischen Situation hierzulande, weshalb die Welschen auch von verweichlichtem Charakter sind, wohingegen die Hiesigen sich nicht so leicht brechen lassen …«

»Das ist doch Unsinn!«, rief Paula.

»Ich finde es schön, wenn sich Frauen einmischen, die ohne jegliche Expertise …«

»Aber du bringst diese *Expertise* mit, ja?«

»Ich«, sagte Fritz verärgert, »habe schon mehr erlebt als so manche …«

»Du warst doch überhaupt noch nicht in Italien! Deine ganze sogenannte Expertise beruht auf Erfahrungen, die andere hinter sich und dir dann netterweise in literarischer Form zugänglich gemacht haben.«

»Klischees also«, warf Clara trocken ein.

Woraufhin Heinrich sich, bildlich gesprochen, zwischen die Streithähne warf, indem er das Thema zu wechseln versuchte.

Was ihm nicht gelang, im Gegenteil, dieser Versuch machte alles noch schlimmer, denn plötzlich ging es darum, die Schuldfrage zu klären. Und da bot sich Paula als ideales Opfer an, die sich ab jetzt allerlei versteckter und offener Angriffe erwehren musste. Warum hatte sie ausgerechnet Marleen als Modell gewählt? War ihr nicht klar gewesen, dass es sich um ein sensibles Kind handelte? Was genau war in den Sitzungen passiert? Worüber hatten sie gesprochen? War Paula nicht aufgefallen, dass Marleen gefährdet war?

Zu Beginn antwortete Paula noch willig und nach bestem Wissen, doch nachdem ihr zum dritten Mal – erst vorsichtig durch die Blume, jedoch unter steigendem Alkoholeinfluss immer unverblümter – von Fritz unterstellt worden war, dass sie in Marleen falsche Hoffnungen geweckt habe, regte sie sich schon deshalb auf, weil sie das Körnchen Wahrheit so schmerzhaft spürte wie einen winzigen Stein im Schuh.

»Ich habe Marleen nichts versprochen, Fritz. Nie.«

»Das muss man mit Worten gar nicht tun, und das weißt du auch.«

»Wie soll man denn Hoffnungen wecken, ohne zu reden? Das ist doch absurd!«

»Oh, stell dich doch nicht dumm! Du hast auf deine zugegebenermaßen recht offene, ja charmante Art zu verstehen gegeben, dass dieses arme Ding etwas ganz Besonderes für dich sei, weshalb Marleen glauben musste, dass eure Beziehung eine Freundschaft werden könne.«

»Wieso sollte ich so etwas tun?«

»Ist es nicht so?«

»Ich habe sie behandelt wie all die anderen Modelle auch.«

»Nicht ganz«, sagte Clara, und Paula wandte sich ihr zu, zornig, dass sich nun auch die beste Freundin gegen sie stellte.

»Das kannst du doch gar nicht beurteilen!«

»Du hast von ihr gesprochen, Paula, und ich habe den Glanz in deinen Augen gesehen. Marleen war dir mehr als ein Modell. Das ist einfach so, und bitte mache dir da selbst nichts vor …«

»Aber …«

»Manchmal hatte ich das Gefühl, du siehst sie wie eine jüngere Schwester. Oder sogar … eine Tochter.«

»Du täuschst dich!«

»Das tue ich ganz sicher nicht. Du kannst nichts dafür, aber du musst der Tatsache ins Auge sehen, dass das Ende eurer Zusammenarbeit möglicherweise der Auslöser ihres Verschwindens ist.«

»Das glaubst du wirklich?«

»Damit meine ich nicht, dass du schuld bist, aber …«

Paula sank in sich zusammen. »Natürlich meinst du genau das, und es wäre schrecklich, wenn es stimmte, Clara. Ich könnte damit nicht leben.«

Sie wurde so blass, dass Otto unwillkürlich ihre Hand ergriff, die sich schlaff und kalt anfühlte. Schweigen senkte sich über die Runde, als alle begriffen, was es bedeutete, wenn Clara recht hätte (und sie hatte zweifelsohne recht). Die Dunkelheit war nun hereingebrochen und wirkte sich fatal auf die Stimmung im Raum aus. Eine allgemeine Mutlosigkeit breitete sich aus, eine triste Müdigkeit.

Heinrich spürte das und stand auf, um die Kerzen anzuzünden und bei der Gelegenheit nach Martha zu sehen.

Clara legte ihre Hand auf Paulas verspannte Schulter.

»Ich wollte dich weder kränken noch angreifen, das weißt du hoffentlich«, sagte sie.

»Ich weiß, es ist schon gut«, erwiderte Paula, aber es klang gar nicht so, als ob irgendetwas gut wäre, und Clara betrachtete sie besorgt. »Vielleicht sollte ich dich nach Hause bringen. Du siehst so müde und todunglücklich aus.«

»Das würde ich gern tun«, warf Otto ein. »Ich kann dich nach Hause bringen«, bekräftigte er und drückte dabei in seiner rührend ungeschickten Art Paulas

Hand, bis es schmerzte, und Paula erkannte nun, dass er keineswegs aufgehört hatte, sie zu lieben.

Und das war immerhin ein Trost, wenn auch ein schwacher.

»Bitte nicht«, murmelte sie. »Lasst mich bitte hierbleiben. Ich kann jetzt nicht allein sein.«

»Es tut mir leid«, sagte Fritz, der ihr gegenübersaß und – ganz untypisch – einigermaßen reumütig wirkte. »Ich war zu hart zu dir.«

»Vielleicht ein bisschen«, sagte Paula, überrascht von diesem Eingeständnis.

»Das war nicht in Ordnung«, fuhr Fritz fort. Der Alkohol, der ihn erst befeuert hatte, wirkte nun wie ein Dämpfer. Er wurde melancholisch und weichherzig.

»Was allerdings wahr ist«, sagte Clara spitz, aber Paula nahm ihn – auch das eher ungewöhnlich – in Schutz. »Fritz hat nur ausgesprochen, was alle anderen gedacht haben. Und du hast im Grunde das Gleiche gesagt.«

»Du hast mich völlig falsch verstanden, Liebes!«

»Ich habe dich genau richtig verstanden, dich und Fritz, du hast es nur etwas freundlicher formuliert. Ich hätte Marleen nicht malen sollen. Ich hätte überhaupt nicht malen sollen. Es war eine vollkommen falsche Entscheidung, ich habe mich auf die Kunst gestürzt, weil ich geglaubt habe, es sei etwas in mir, das nach außen drängt, etwas, das die Welt erfreuen und zum Nachdenken bringen könnte …«

»Paula«, sagte Otto und klang nun ernsthaft beunruhigt.

»Nein, es ist in Ordnung, Otto. Ich habe mich einfach getäuscht. Es war ein Irrtum, nichts weiter. Ein Irrtum, der sich korrigieren lässt. Und weil das so ist, möchte ich euch gerne etwas mitteilen.«

»Hör jetzt auf!«, unterbrach Clara sie in sehr bestimmtem Ton. »Du bist nicht allein schuld, wir alle sind es. Auf die eine oder andere Weise.«

»Was meinst du damit?«, fragte Rilke nun plötzlich, der sich die ganze Zeit zurückgehalten, ja im Grunde genommen überhaupt nichts zur Diskussion beigetragen hatte. Clara sah ihn nun mit diesem Blick an, den er in seiner reizvollen Strenge als unwiderstehlich empfand (und dazu die starke, beinahe maskuline Kinnpartie!), obwohl ihn andererseits Paula mit ihrem üppigen Haar und dieser kraftvollen Natürlichkeit, die sie selbst dann ausstrahlte, wenn es ihr, wie jetzt gerade, schlecht ging, wieder schwanken ließ …

Er tauchte erneut in seine sehr eigene Gedankenwelt ab, sodass er von Claras Antwort nur die Hälfte verstand. Eigentlich nur das: »Wir gebärden uns als etwas Besseres, aber in Wirklichkeit sind wir Eindringlinge. Und das ist dabei herausgekommen.«

18

Es wurde Nacht. Die Frauen hatten Anne nach Hause gebracht, und einige Freundinnen blieben bei ihr, denn Anne war in einer Verfassung, die einer Hochschwangeren gefährlich werden konnte. Nachbarinnen brachten außerdem das wenige an Lebensmitteln vorbei, das sie entbehren konnten, und bereiteten auf Annes Herd eine Mahlzeit zu.

Anfangs geschah das in rücksichtsvoller Stille, doch war dies ein Zustand, der nur schwer auszuhalten war und deshalb rasch beendet werden musste. Sorgen waren das tägliche Brot, Mühsal der gewohnte Zustand: Unter ihnen gab es keine Einzige, die nicht schon mehrere Kinder durch Fehlgeburten, Totgeburten, Krankheiten oder Unfälle verloren hatte.

Wer damit nicht zurechtkam, hatte hier nichts verloren.

Also wurde nach einer gewissen Karenzfrist so munter gekichert und geplappert, dass sich sogar Anne dabei ertappte, Marleen für Momente zu vergessen, und sich stattdessen fragte, warum man solche Treffen nicht viel öfter veranstaltete. Schließlich wurde der Tisch für alle gedeckt, in riesigen Steingutschalen wurden Grünkohl und Kartoffeln angerichtet, und die Frau des Metzgers, sonst als eher geizig verschrien, spendierte zwar keinen Pinkel, aber eine Kochmettwurst aus feinstem Schweinefleisch und zartem Rinderbrät.

In der Zwischenzeit suchten die Männer jeden Winkel des Moors ab, und ihre Rufe nach Marleen hallten so laut über die plane Landschaft, dass eigentlich kein lebendes Wesen sie hätte überhören können. Sie stapften über die feuchtkalten Wiesen, während das Moor an ihren undichten Schuhen zu saugen schien, leuchteten in jedes finstere Wasserloch, stolperten auch manchmal selbst hinein und wurden dann von den Kameraden wieder herausgezogen.

Dennoch blieben alle Bemühungen auch nach Stunden erfolglos. Gegen drei Uhr trafen sie sich am Ufer der Hamme, rauchten und schwiegen gemeinsam und warteten darauf, dass Jan, der als Marleens Vater allein das Recht dazu hatte, die Suche offiziell abbrach. Jan wiederum wusste, was von ihm erwartet wurde. Alle waren nass, verschmutzt, durchgefroren und erschöpft: Sie gehörten ins Bett.

Aber er brachte es nicht fertig, die erlösenden Worte auszusprechen.

Stattdessen begann er, von Marleen zu erzählen. Sein von Ruß und schwarzer Erde verschmiertes Gesicht erhellte sich im flackernden Schein der Fackeln, als er Marleens kurzes Leben würdigte als etwas Besonderes und Einzigartiges, und einigen Männern liefen Schauer über den Rücken, denn auch wenn es Jan nicht bewusst war, klang dieser Rückblick nach einer vorgezogenen Grabrede.

Doch es gehörte sich nicht, Jan darauf aufmerksam zu machen. Was sich gehörte, war, ihm beizustehen, egal wie kalt einem war.

Also nickten sie Jan zu.

Sie nickten ihm zu, klopften ihm auf die Schulter,

ermutigten ihn weiterzureden. Und Jan ließ nun alles heraus, jede einzelne Anekdote, die Marleen vor seinem inneren Auge so lebendig machte, als müsste sie im nächsten Moment vor ihm auftauchen und ihn mit ihren Fragen löchern, die Anne zur Weißglut bringen konnten, ihn aber faszinierten, weil Marleen sich nie mit oberflächlichen Antworten zufriedengab, niemals, das war nicht ihre Natur.

Wo ist die Sonne, wenn sie nicht scheint?

Na, hinter den Wolken.

Aber das weißt du doch gar nicht.

Natürlich weiß ich das. Wenn die Wolken weg sind, ist die Sonne wieder da.

Aber nicht im Winter. Da ist sie ganz, ganz schwach und weit weg.

Gut beobachtet, meine Kleine.

Warum ist es im Winter kalt, Papa?

Weil die Sonne weit weg ist. Viel weiter weg als im Sommer.

Warum bleibt sie nicht da? Es wäre viel schöner, wenn wir immer Sommer hätten.

Da musst du sie selber fragen.

Wie mache ich das?

Marleenchen, das war bloß ein Witz.

Aber das ist ja gar nicht komisch.

Dafür bist du komisch!

Ich?

Ja.

»Sie wollte alles ganz genau wissen«, sagte Jan. »Ganz genau«, wiederholte er.

Die Männer brummten einhellig zustimmend, obwohl viele von ihnen Marleen kaum kannten. Eben eine kleine freche Rotznase unter massenhaft anderen kleinen frechen Rotznasen. Aber da sie Jans Rotznase war, war sie gerade die wichtigste Person auf der Welt.

»Sie hatte immer so krause Ideen«, sagte Jan. Die Fackeln waren nun fast heruntergebrannt, aber er konnte sich einfach nicht von seinen Erinnerungen lösen. »Stellt euch vor: Sie wollte zum Mond fliegen.«

»Zum Mond?«, sagte einer der Männer ihm zu Gefallen und gab ihm das Stichwort, das er brauchte. »Das ist doch verrückt.«

»Sie hat sich das immer wieder vorgestellt. Sie wollte wissen, wie lange das dauert. Weiß ich doch nicht, hab ich gesagt. Sie hat erwidert, dass der Mond ein Gesicht hat, und hat gefragt, wie groß er ist. Keine Ahnung, hab ich gesagt, und da du nie zum Mond fliegen wirst, ist das auch egal.«

»Stimmt ja auch, Jan. Ist doch so.«

Jan starrte vor sich hin. »Aber das muss man ihr ja so nicht sagen, oder? Man kann das netter sagen.«

»Sagen muss man es ihr jedenfalls.«

»Aber nicht so ungeduldig.«

»Jeder ist mal ungeduldig mit den Blagen, Jan. Das muss so sein. Sonst tanzen sie einem auf der Nase herum.«

Jan sah auf, blickte in die Gesichter um ihn herum. Die Trauer zerrte an ihm, machte ihn ganz hart und dumpf.

»Ja«, sagte er. »Lasst uns morgen weitermachen.«

Als alle Gäste längst nach Hause und die Gastgeber schlafen gegangen waren, saß der Pastor noch immer voll angekleidet und innerlich aufgewühlt in Heinrichs Wohnzimmer. Es war so, als hätte ihn die Vergangenheit seiner Ahnen eingeholt, als wäre es kein Zufall, dass er ausgerechnet jetzt hierhergekommen war – als wollte ihm Gott damit etwas sagen.

Ihn zu etwas verpflichten.

Ein heiliger Zwang.

Der Pastor hasste diese Vorstellung, sie schnürte ihm die Luft ab, doch die Bestimmung schien ihn sozusagen mit Händen zu greifen.

Er stand auf und öffnete die Terrassentür. Es war nicht sehr kalt, und der Wind ließ die Baumwipfel zärtlich flüstern, als wollten sie ihn, den verlorenen Sohn, herzlich willkommen heißen.

Denn eigentlich gehörte er ja hierher.

Er setzte sich auf die oberste Stufe der Freitreppe und barg das Gesicht in den Händen.

Warum nur hatte er die Einladung angenommen?

Würde er je wieder den Weg zurück finden?

Sein Ururgroßvater namens Johannes Grasmann hatte das Pech gehabt, als Viertgeborener eines friesischen Bauern auf die Welt zu kommen. Seine Schwester starb mit zwölf, seine beiden älteren Brüder waren Zwillinge und konnten sich nicht ausstehen, denn einer von beiden, das war klar, musste von der Erbfolge, die den Erstgeborenen bevorzugte, freiwillig zurücktreten. Nachdem Bruder Nummer eins unter sehr ungeklärten Umständen in einer Jauchegrube ums Leben gekommen war und sich die Trauer bei Bruder Nummer zwei verdächtig stark in Grenzen hielt, erkannte Johannes, dass er sich – am besten sofort, um keine Missverständnisse aufkommen zu lassen – vom Hof verabschieden und anderswo sein Glück suchen sollte.

Es gab nun zwei Möglichkeiten. Entweder fand er eine reiche Bauerntochter, die bereit war, ihn zu ehelichen und den geerbten Hof mit ihm gemeinsam zu bewirtschaften. Oder er suchte sich einen anderen Beruf. Ersteres ergab sich nicht, und Letzteres stand nicht zur Debatte; Johannes Grasmann war Landwirt mit Leib und Seele. Nur damit war es zu erklären, dass er das Angebot des Königs, das ihm von einem sogenannten Moorkommissar unterbreitet wurde, annahm, ohne lange darüber nachzudenken. Es ging im Wesentlichen darum, sich in einer bis dahin menschenleeren Sumpflandschaft östlich von Bremen ein neues Leben aufzubauen.

Auf den ersten Blick war der Haken nicht zu erkennen. Harte Arbeit, die ihm – so weit immerhin ehrlich – in Aussicht gestellt wurde, scheute er nicht, und es gab einige nicht zu verachtende Vorteile. Unterschrieb er, würde er sowohl vom Militärdienst als auch von der Steuerpflicht befreit und bekäme darüber hinaus ein erstaunlich großes Stück Land geschenkt. Seine einzige Gegenleistung bestand darin, das Sumpfland trockenzulegen und sein Anwesen auf diese Weise urbar zu machen. Hätte Johannes geahnt, was diese lebenslange Verpflichtung wirklich bedeutete, wäre seine Begeisterung über den Pakt nicht nur wesentlich geringer ausgefallen, er hätte wahrscheinlich seine Beine in die Hand genommen und sich lieber als reisender Handwerker verdingt.

Das Teufelsmoor hieß nämlich keineswegs so, weil jemand den Aberglauben aufgebracht hätte, dass hier der Satan sein Unwesen trieb. Als arme Teufel bezeichnete man, halb hämisch, halb mitleidig, jene

Elenden, die es mangels besserer Alternativen in diesen unwirtlich nassen und schmutzigen Landstrich verschlagen hatte, und zwar für immer und ewig. Wer flüchtete, wurde von Soldaten eingefangen und wieder zurückgebracht. Wer sich wehrte, überlebte das in der Regel nicht. Der König wünschte sich mehr Ackerland, und was der König wünschte, war Gesetz.

Den Ersten sien Dod, den Tweeten sien Not, den Drütten sien Brod.

Der Pastor fröstelte.

Etwas schien sein Herz zusammenzudrücken wie eine auszupressende Zitrone.

Das Flüstern hatte aufgehört, es war jetzt beinahe windstill. Die Landschaft schien sich über ihn zu neigen, ihn einzuschließen wie eine Muschel.

Dem Ersten seinen Tod, dem Zweiten seine Not, dem Dritten sein Brot.

Sein Brot?

Von wegen.

Er stand auf und begab sich in sein Gästezimmer.

19

Als Paula zehn Jahre alt war, geschah ein Unglück, das mitten in ihre bis dahin einigermaßen sorgenfreie Kindheit hineinplatzte und etwas hinterließ, was sie nie wieder so recht loswurde: die Erkenntnis, dass das Leben auf sehr grausame Weise endlich war, in jeder einzelnen Sekunde vorbei sein konnte und dass es aufgrund dieser Plötzlichkeit und Unwiderruflichkeit darauf ankam, das zu tun, was man unbedingt tun wollte, und zwar schnell, denn man hatte unter Umständen nicht ewig Zeit dafür.

Paula hatte mit ein paar Kindern, unter ihnen ihre Cousinen Maidli und Cora, in einer Sandgrube gespielt. In dem Spiel, dessen Sinn kein Erwachsener durchschaute, ging es darum, besonders schnell besonders tiefe Löcher zu graben. Die Mädchen hatten ihre Kleider bis auf die Unterwäsche abgelegt, um sie nicht schmutzig zu machen, und gruben wie besessen. Cora hatte bald das schönste und tiefste Loch. Doch in dem Moment, als sie den Kopf aus dem Loch strecken wollte, stürzte eine Sandwand auf die Kinder herab, sie rutschten und fielen übereinander, Paula bekam einen schmerzhaften Stoß von einem Ellenbogen ab, und dann war alles still, so still, und ihr Körper vollkommen verdreht.

Sie konnte sich nicht rühren und nicht atmen. Ihr Mund und ihre Nase waren voller Sand, dessen modrigstaubigen Geschmack sie nie wieder loswerden sollte.

Etwas bahnte sich aus ihrem Inneren, ein Stöhnen, ein Schrei, der ihre Kehle nicht verlassen konnte, und dann, kurz bevor sie in die ewige Schwärze versank, schoss sie plötzlich, von jemandem an den Beinen gepackt, nach oben.

Und endlich konnte sie husten, ihre brennende Lunge von den Sandkörnern befreien, sich wie eine Wilde den Sand aus den Haaren schütteln. Sie wollte lachen, weil sie sich völlig umsonst zu Tode geängstigt hatte – es war doch nur ein Spiel gewesen –, aber sehr schnell wurde ihr klar, dass nichts daran lustig war.

Sie, Maidli und ihr Spielkamerad Freddy konnten gerettet werden, doch Cora, die liebe, süße, lustige, lebhafte Cora erstickte in den Sandmassen.

In den ersten Jahren nach der Tragödie wachte Paula oft mitten in der Nacht auf, weil sie glaubte, ins Bodenlose zu fallen. Doch das Schlimmste war das Gefühl, keine Luft mehr zu bekommen, weil Mund und Nase verschlossen waren.

Die zweite Nacht nach Marleens Verschwinden verbrachte Paula in Claras Domizil in Westerwede, dem Nachbarort Worpswedes. Clara hatte sie mit nicht nachlassender Energie dazu überredet; sie wusste, dass Paula jetzt nicht allein sein durfte. Und so lagen die beiden Freundinnen in Claras recht engem Bett, kuschelten sich unter die eine Decke und redeten im Flüsterton miteinander, allerdings nicht über Marleen, sondern über Nichtigkeiten, wie zum Beispiel den bevorstehenden Geburtstag von einem Neffen Claras, der angekündigt hatte, sie in Worpswede zu besuchen.

»Er wird achtzehn«, sagte Clara, »ein bezaubernder

Jüngling. Habe ich dir schon Fotografien gezeigt?« Sie machte Anstalten aufzustehen, aber Paula hielt sie zurück.

»Ja, hast du. Er ist wirklich hübsch.«

»Wirklich?«

»Wenn ich es dir doch sage.«

»Nun gut.«

Tatsächlich hatte Paula keine Ahnung, wie der junge Mann aussah; sie wollte nicht, dass Clara sie auch nur für ein paar Minuten allein ließ. Am liebsten, dachte sie, würde sie den Rest ihres Lebens mit ihr im Bett verbringen. Sie berührte zärtlich Claras Rücken, fühlte die für eine Frau erstaunlich markanten Muskeln und die Absenkung der Wirbelsäule in der Mitte.

Clara schwang die Beine aus dem Bett, blieb aber unschlüssig am Rand sitzen. Ihr weißes, bauschiges Nachthemd verbreitete einen seltsamen, fast unheimlichen Schimmer in der Dunkelheit.

Paula hatte sie ein fast identisches Exemplar geliehen.

»Wir sehen aus wie zwei Gespenster«, sagte Paula.

Clara drehte sich um.

»Du seltsames Huhn«, sagte sie liebevoll.

»O nein.«

»O doch.«

»Komm, leg dich wieder hin.«

»Gleich.«

»Ist es dir zu eng? Ich kann doch auch in dem Sessel schlafen.«

»Der Sessel ist *durchgesesselt,* und die Sprungfedern quietschen, dass man es nicht aushält. Außerdem nimmst du schmales Ding doch kaum Platz weg.«

»Aber ich halte dich vom Schlafen ab. Es tut mir leid.«

»Tust du nicht. Ich bin nicht müde, das ist der Grund. Ich bin viel zu aufgekratzt zum Schlafen.«

»Du musst müde sein, Clara, es ist vier Uhr morgens.«

»Ich brauche nicht viel Schlaf, das ist eben so.«

»Jeder braucht ...«

»Ich nicht!« Aber dann kam Clara doch wieder unter die Decke, und Paula versuchte ihr die kalten Füße zu wärmen.

»Das kitzelt!«

»Sei nicht so empfindlich! Ich massiere deine Reflexe nach William Fitzgerald, da kitzelt gar nichts.«

»William *wer?*«

»Fitzgerald. Er hat diese Methode bei den Indianern gelernt. Otto hat mir von ihm erzählt. Man wird noch viel von ihm hören, sagt Otto. Er glaubt, dass der Fuß mit den inneren Organen zusammenhängt.«

»Otto?«

»Nein, Fitzgerald!«

»Verstehe.«

»Jedes Organ hat irgendwo seine Entsprechung am Fuß.«

»Und zwar welches Organ an welcher Stelle?«

»Keine Ahnung.«

»Also mein rechter kleiner Zeh ist ... mein linkes Ohr. Mein linker kleiner Zeh ist mein rechtes Ohr. Massier mich da mal, Paula. O ja! Ja, es wirkt! Mein linkes Ohr wächst! Hör schnell auf, bevor ich aussehe wie ein Elefant.«

»Gut, dann höre ich eben auf!«

»O bitte nicht, es ist so angenehm, und du willst ja nicht, dass mein linkes Ohr wächst und mein rechtes klein bleibt; wie entsetzlich sähe das denn aus?«

»Sind Ohren überhaupt Organe?«

»Was weiß ich.«

»Ich glaube nicht. Morgen schaue ich im *Brockhaus* nach, versprochen.«

Sie kicherten. Schließlich schliefen sie kurz ein, wachten wieder auf, schliefen noch mal ein, und um sechs Uhr brühte Paula schließlich eine Kanne Kaffee auf und brachte sie, samt Zucker, Milch und zwei Bechern, an Claras Bett. Sie goss den Kaffee in die Tassen, stellte die Kanne auf ein Holztischchen neben dem Fenster und betrachtete Clara, die mit geschlossenen Augen auf dem Rücken lag.

Was jetzt?

Paula ließ sich in dem *durchgesesselten* Ohrensessel nieder und betrachtete ihre allerbeste Freundin, während sie so leise wie möglich ihren Kaffee trank. Claras Augenpartie war ein wenig bläulich, die sehr langen Wimpern zitterten leicht. Ihre Haut wirkte in der morgendlichen Dämmerung glatt wie poliertes Elfenbein.

Vielleicht schlief sie gar nicht?

Paula nahm einen weiteren Schluck Kaffee.

»Ich werde weggehen«, sagte sie, leise und für sich, als wollte sie erst einmal ausprobieren, wie dieser Satz klang. Clara reagierte nicht. Ihre Brust hob und senkte sich langsam und regelmäßig, ihr Gesicht wirkte völlig entspannt.

»Ich werde weggehen«, wiederholte Paula etwas lauter.

Nichts. Ruhiger Atem.

Langsam entwickelte sich ein dunkelorangefarbener Schimmer von der aufgehenden Sonne, schien das Zimmer vollkommen auszufüllen und alle Gegenstände darin, selbst das alte, von überallher zusammengetragene Mobiliar, zu verzaubern.

»Es ist einfach so«, sagte Paula und kuschelte sich so in den Ohrensessel, dass sie Clara nicht mehr sah, sodass diese zuhören konnte oder auch nicht. Vielleicht war der Gedanke dahinter, dass Paula es darauf ankommen lassen wollte, vielleicht wollte sie überredet werden zu bleiben, vielleicht ging es auch nur darum, das, was sie belastete und beschäftigte, einmal laut in Gesellschaft eines anderen Menschen auszusprechen, selbst wenn derjenige nichts davon mitbekam.

Und so begann Paula, der schlafenden oder auch hellwachen Clara erst stockend und langsam, dann immer freimütiger aus ihrem Leben zu berichten.

»Ich wurde in eine wunderbare Familie hineingeboren, in der Kultur die allergrößte Rolle spielte. Wusstest du, dass wir alle ein Instrument gelernt haben, Clara? Ja natürlich, das habe ich dir erzählt, und du hast mich ja auch schon spielen hören. Wir haben regelmäßig Hausmusik gemacht, und wir waren nicht so schlecht darin, also zumindest haben uns die Gäste gelobt, aber nun, was blieb ihnen anderes übrig … Also, meine herrliche, unglaublich weltläufige und kultivierte Familie – wusstest du, dass mein Vater mehrere Sprachen beinahe fließend spricht? – gab mir das Rüstzeug für eine künstlerische Karriere, einfach, indem sie das Bewusstsein dafür stärkte, dass Kunst in jeder Form wertvoll ist, selbst dann, wenn sie nichts

Materielles schafft, sondern nur die Seele für Sekunden oder Stunden so berührt, dass etwas in uns drinnen sich verändern kann.

Kunst kann uns fliegen lehren oder lässt uns in die Tiefen unseres Seins tauchen, um die schönsten, schrecklichsten Schätze zu bergen, die das Unterbewusstsein eifersüchtig hütet.

Aber das ist nicht alles, Clara.

Es spielt sicher auch eine Rolle, dass wir uns nun im Jahre null einer neuen Ära befinden, die zu den hochfliegendsten Plänen und schönsten Hoffnungen zu berechtigen schien. 1900, Clara! Alles scheint im Aufbruch, jeder ist euphorisch, aber letztlich ist es doch nur eine einfache Zahl ohne weitergehende Bedeutung. Also, um es kurz zu machen, Clara, ich habe mich geirrt. Meine Liebe zur Kunst hat zu nichts geführt, außer zu einer tiefen Traurigkeit, weil ich eine Bestimmung zu sehen glaubte, die nicht existiert. Ich muss aufbrechen zu neuen Ufern …«

»Paula?«

Claras verschlafene Stimme drang an ihr Ohr; Paula schreckte hoch.

»Was ist mit dir?«, fragte Clara.

»Ich … weiß nicht genau.«

Hatte sie das alles wirklich gesagt oder es sich im Halbschlaf nur eingebildet?

»Was murmelst du denn da vor dich hin, Liebes? Ist dir nicht gut?«

»Habe ich gemurmelt?« Paula gähnte, ein wenig enttäuscht, ein wenig erleichtert.

»Das hast du. Völlig unverständliches Zeug. Komm wieder ins Bett. Es ist erst halb sieben!«

»Nein.«

»Nein?«

»Wir müssen etwas tun.«

»Tun? Was meinst du denn damit?«

Paula schälte sich mit steifen Gliedmaßen aus dem Sessel, dessen Sprungfedern tatsächlich ziemlich knarzten, und setzte sich zu Clara an den Bettrand. Clara lächelte träge, drehte sich auf die Seite und legte ihre Hand auf Paulas. Ihr offenes dunkles Haar breitete sich dekorativ auf dem Kopfkissen aus.

»Was meinst du?«, wiederholte sie lächelnd und räkelte sich fast verführerisch.

»Vielleicht nicht wir. Ich. Ich muss etwas tun, bevor …«

»Bevor *was?*«

»Ich muss etwas tun! Ich muss bei der Suche helfen.«

»Das musst du nicht! Bestimmt wissen offizielle Stellen, die Polizei, die Behörden und so weiter, längst Bescheid, und vielleicht ist Marleen ja auch schon wieder zu Hause.«

»Daran glaube ich nicht.«

»Aber wenn nicht, dann ist das doch nicht unsere Aufgabe, Paula.«

»Du musst ja nicht mitkommen.«

»O mein Gott!«

»Was?«

»Du bist schrecklich!«

»Wieso denn?«

»Natürlich komme ich mit, du kleine Moralistin. Ich lasse dich nicht allein.«

»Aber du musst nicht«, sagte Paula besorgt.

»Das weiß ich.«

»Ich will dich nicht zwingen, das alles hat mir dir nichts zu tun, nur mit mir. Vielleicht solltest du dich lieber etwas ausschlafen.«

»Hör schon auf. Natürlich bin ich dabei. Und all die anderen auch. Wenn jemand schuld ist, sind wir es alle.«

20

Ein paar Stunden später stellte sich heraus, dass Paula nicht die Einzige war, die sich verpflichtet fühlte, bei der Suche zu helfen. Tatsächlich und zur nicht geringen Überraschung wollten sich alle anwesenden Künstler beteiligen, auch der Pastor Peter Grasmann und sogar der zart besaitete Rilke fanden sich ein, obwohl der nichts mehr fürchtete, als derjenige zu sein, welcher ein totes Kind …

Die Vorstellung war so entsetzlich, generierte derart angstbesetzte Bilder, dass Rilke zum späten Frühstück im Barkenhoff, wo sich all die willigen Helfer versammelt hatten, fast keinen Bissen herunterbekam, obwohl er es redlich versuchte und – wie es ihm ein Leibarzt Lou Salomés verschrieben hatte – so gründlich kaute, dass er nur noch eine breiige Masse im Mund hatte. Wahrscheinlich lag es vor allem am Schwarzbrot, dessen harte Körner sich dem Kauen widersetzten und sich stattdessen auf penetrante Weise zwischen seine mittlerweile leider äußerst schmerzempfindlichen Zähne zwängten.

Abgesehen davon, dass derart grobe Kost sein Magen ohnehin nicht vertrug (an das für ihn viel bekömmlichere Weißbrot hatte ja leider niemand gedacht!).

Zumindest war das Personal aber nun vollzählig wieder anwesend und aktiv. Auf Anweisung Heinrichs und Marthas packten die Dienstmädchen für jeden

Anwesenden einen kleinen Rucksack mit Proviant. Die Künstler sahen ihnen interessiert zu und befanden sich dabei in ernster, jedoch gleichzeitig gehobener Stimmung, wozu sicher auch der kühle, sonnige Herbsttag beitrug, der zu einer ausgedehnten Wanderung geradezu einlud.

Gegen Mittag waren dann selbst die Frauen in sportliche Knickerbocker, festes Schuhwerk und kräftige Janker gekleidet und insofern startbereit. Dazu auch noch paarweise mit jeweils einer detaillierten Landkarte des Teufelsmoors ausgestattet, in die Heinrich penibel die jeweilige Route für jeden der kleinen Suchtrupps eingezeichnet hatte, damit – so Heinrichs Idee, für die er viel Beifall bekam – wirklich das ganze weitläufige Gebiet abgegangen werden konnte. Der Abmarsch verzögerte sich dann allerdings noch um eine weitere halbe Stunde, weil sich noch ein paar kleine Querelen über die Frage ergaben, wer mit wem unterwegs sein würde, aber niemand so unhöflich direkt sein wollte, klare Präferenzen zu äußern.

Und da das so war, bekam kaum jemand den Partner, den er sich gewünscht hätte.

Rilke sollte ausgerechnet mit Otto unterwegs sein, Clara wurde der Pastor zugeteilt, Heinrich wurde mit Paula zusammengespannt, und Fritz musste mit der wunderhübschen, jedoch in der Regel äußerst schweigsamen Martha vorliebnehmen.

Zunächst gingen jedoch alle gemeinsam zur Anlegestelle der Torfboote am Ufer der Hamme. Dort, so der Plan, sollte die Gruppe in einer Art V-Formation ausschwärmen. Im Falle etwaiger Probleme verfügte jeder Trupp über eine Trillerpfeife, um Helfer alarmieren zu können.

Zu ihrem Erstaunen fand sich Martha zwischen Paula und Clara wieder, ohne zu ahnen, dass das von Clara beabsichtigt war, die schon sehr lange neugierig auf Martha und deren gut gehütete Geheimnisse war, aber nie eine Gelegenheit gefunden hatte, sie zu ergründen. Während sie zu dritt auf dem Feldweg zur Hamme gingen, begann Clara Martha also auszufragen, und Martha, überhaupt nicht mehr daran gewöhnt, dass sich jemand für sie und ihre Gedanken interessierte, erzählte vielleicht ein wenig mehr, als gut für sie war.

Plötzlich befand sie sich jedenfalls mitten in ihrer Schilderung der ungesicherten Situation mit Heinrich, der sie mit deprimierender Offensichtlichkeit weder heiraten noch zur Mutter machen wollte. Dafür, berichtete Martha, litt er unter seltsamen Zuständen, die jede Minute eintreten konnten und ihn dann tagelang nicht mehr verließen …

»Zustände?«

»Ja, er wird dann ganz seltsam, sodass ich ihn oft gar nicht wiedererkenne.«

»Was tut er denn?«

»Nichts. Er sitzt da. Oder liegt. Er sieht mich nicht und auch sonst nichts. Manchmal weint er.«

»O wirklich? Das ist ja unendlich schwierig für dich«, sagte Clara. »Ich hatte keine Ahnung, was du alles durchmachen musst!«

»Nun, niemand weiß das, es gab ja niemanden, mit dem ich darüber sprechen konnte.«

»Niemanden?«

»Eigentlich nicht«, sagte Martha und klang dabei so traurig, dass Paula sich von den beiden entfernte, weil sie noch mehr Leid gerade nicht ertragen konnte.

»Ich weiß wirklich nicht, was es ist«, hörte sie Martha noch sagen, während sie sich absichtlich zurückfallen ließ, bis sie sich neben dem Pastor wiederfand. »In einer Sekunde lacht und scherzt er herum, in der nächsten ist sein Gesicht ganz steif …«

»Ganz steif? Was meinst du damit?«

»Wie eine Maske. Und seine Stimme ist so anders als sonst …«

»Anders?«

»Ja, sie sie hört sich an wie … Ich weiß nicht … Pappe vielleicht.«

»Pappe?«

»Ja. Er spricht dann, als wäre seine Zunge aus Pappe. Als würde ihm jedes Wort eine unendliche Mühe bereiten. Als würde er am liebsten für immer schweigen.«

Paula war sich nicht sicher, ob sie das Letzte richtig verstanden hatte, aber es war ihr auch egal. Sie marschierte nun neben dem Pfarrer und spürte erst jetzt, wie gut ihr die Bewegung tat, die frische Luft, die Sonne. »Wer sind Sie?«, fragte sie den Pfarrer auf ihre etwas unvermittelte Art, die sie mit Clara teilte und die manche Menschen vor den Kopf stieß, wovon sie aber nie etwas merkte, weil es für sie so normal war, direkt und ohne Umwege ein Ziel anzusteuern.

»Ich?«, fragte der Pastor verwirrt, der sich gerade in Gedankenspiralen verirrt hatte, die nichts mit dem Verschwinden eines kleinen Mädchens zu tun hatten, sondern mit seiner eigenen Kindheit in diesem malerischen Landstrich voller Tücken, dessen Schönheit ihm erst jetzt richtig bewusst wurde.

Er atmete tief durch und nannte Paula dann seinen Namen und seine Funktion in der Bremer Kirche.

»Kommen Sie ursprünglich von hier?«, fragte Paula.

»Woher wissen Sie das?«

»Sie gehen wie jemand vom Land. Ich hoffe, das kränkt Sie nicht«, schob sie rasch hinterher.

»Nein, warum?«, sagte der Pastor, wirkte aber dennoch verärgert, wie jemand, dessen Geheimnis unversehens gelüftet wird. »Mich würde interessieren, wie Ihrer Meinung nach jemand *vom Land* geht.«

»Nun ja, ein wenig vornübergebeugt, nicht so, als würden Sie es gern und freiwillig tun so wie wir, eher als bereite es Ihnen Mühe. Vielleicht schauen Sie aber auch auf den Boden, weil Sie nicht stolpern wollen?«

Peinlich berührt richtete sich der Pastor zu voller Größe auf, und Paula musste ein bisschen lachen, weil sie das merkte, und nach kurzem Zögern lachte nun auch der Pastor, weil es ja keinen Sinn hatte, beleidigt zu sein. Tatsächlich veränderte dieses neue, aufrechte Gehen etwas bei ihm; er gewann sofort einen anderen Blick auf seine Umgebung, er registrierte die Weite, die Spiegelungen in den Wasserläufen, die Sonne, die nun sein Gesicht wärmen konnte, weil er es nicht mehr länger vor ihr versteckte.

»Aber Sie leben nicht mehr hier«, stellte Paula fest und nickte ein wenig vor sich hin.

»Das tue ich tatsächlich nicht mehr.«

»Warum nicht?«

»Ich wollte immer weg«, sagte der Pastor nach kurzem Zögern. »Wer hier lebt, tut das nicht freiwillig. Es ist tagaus, tagein schwere Arbeit, und das, liebe Frau Becker, kann man sich in Ihrer Lage nicht vorstellen. Sie kommen hierher und sehen nur die Oberfläche …«

»Sie haben vollkommen recht«, sagte Paula, nun bestrebt, das Gespräch rasch zu beenden, denn mit dieser längst gewonnenen Erkenntnis wollte sie sich nicht schon wieder auseinandersetzen.

»Sie wissen rein gar nichts«, fuhr der Pastor jedoch fort, und sein Gesicht unter dem sorgfältig getrimmten Vollbart verzerrte sich ganz merkwürdig, als hätte er Schmerzen. »Sie glauben, die Menschen hier zu kennen, weil Sie sie malen, aber für sie sind Sie wie ein exotischer Besucher aus einer anderen Welt, und wenn Sie denken, dass Sie vertrauter mit ihnen werden, dann täuschen Sie sich ganz gewaltig.«

»Das ist mir klar«, sagte Paula, nun ganz offen ungeduldig, aber der Pastor befand sich gerade in einer sehr angespannten Stimmung und hörte sie kaum. Der Prediger in ihm erwachte und wollte heraus, und in Ermangelung einer Kanzel musste diese junge Künstlerin herhalten, deren Lebensstil er aufs Schärfste verurteilte und die wahrscheinlich noch nicht einmal ahnte, warum!

»Was wollen Sie hier eigentlich?«, rief er so laut, dass sich Clara und Martha erstaunt umsahen. Dabei blieb er stehen und betrachtete Paula, als wollte er sich sämtliche Einzelheiten ihres Gesichts und ihrer Figur einprägen, um anderen warnend davon zu berichten.

»Ich weiß nicht, was Sie meinen«, antwortete Paula höchst irritiert und viel weniger freundlich als noch vorhin. Heinrich näherte sich eilig von hinten, um den drohenden Ausbruch wenigstens dieses Feuers zu löschen, doch er kam zu spät.

»Sie Metze!«, schrie der Pastor, am ganzen Körper zitternd. Sein Gesicht lief zunächst rot an und verfärbte sich dann in ein besorgniserregendes Lila.

»Was fällt Ihnen ein!«, rief Clara und eilte an Paulas Seite, während Paula, vorübergehend sprachlos, nach Luft rang, weil es doch nicht sein konnte, dass ein völlig Fremder, der nichts von ihren Lebensumständen wusste, sie derart beleidigte. Weil es doch nicht sein durfte, dass das sein Bild von einer Frau war, die es wagte, ein paar Schritte neben der für sie vorgesehenen Spur zu wandeln – und *nur* deshalb, *weil* sie es wagte.

»Scheren Sie sich zum Teufel«, sagte sie schließlich.

»Metze!«, schrie der Pastor wieder.

»Sie sind ja nicht ganz bei sich. Lassen Sie mich gefälligst in Ruhe!«

»Frauen wie Sie gehören nicht hierher! Sie müssen gehen! Niemand braucht Sie hier!«

Heinrich hatte mittlerweile das Grüppchen erreicht und versuchte sich mit einem besänftigenden »Nun, nun« erneut als Streitschlichter, doch wiederum erfolglos; die Kontrahenten nahmen ihn gar nicht wahr.

»Sie wissen überhaupt nichts über mich«, rief Paula, »und unterstellen mir Käuflichkeit, nur weil ich nicht dem Bild entspreche, dass Sie von ehrbaren Frauen haben?«

»Metze«, wiederholte der Pastor zum dritten Mal, und in dem einen Wort lag seine ganze Verachtung, aber auch ein lebenslang in ihm lodernder Zorn, der, und das wurde Paula in diesem Moment klar, nichts mit ihr zu tun hatte.

»Haben Sie noch andere Vokabeln zur Verfügung?«, fragte sie spöttisch. »Oder vielleicht sogar etwas wie ein Argument?«

»Metze«, flüsterte der Pastor. Schweiß trat ihm auf die Stirn, seine Augen flackerten.

Dann fiel er um.

21

Als Peter Grasmann vor etwas mehr als vierzig Jahren seine Heimat für immer verließ, war es früher Morgen. Ein herrlicher Frühlingstag kündigte sich an, während der fünfzehnjährige Peter in einen Torfkahn stieg, der ihm nicht gehörte. Er löste das Anlegeseil und ließ sich flussabwärts treiben. Es war ihm nicht wichtig, wohin, nur: weg von hier. Sein Vater hatte ihn, seinen einzigen überlebenden Sohn, mehrmals fast totgeschlagen, und nur seine Mutter hatte ihn vor dem Schlimmsten beschützt.

Nun war sie jedoch vor einigen Monaten an der Schwindsucht gestorben. Oder zumindest an einer Krankheit, die der Schwindsucht ähnelte. Es gab ja hier keine Ärzte, die sie hätten untersuchen können.

Peter wusste, dass es jetzt hieß: er oder der Vater. Sie waren, nachdem sich sein Erzeuger mit allen Menschen aus der Gegend zerstritten hatte, vollkommen auf sich allein gestellt. Einer von ihnen würde über kurz oder lang zum Mörder werden, und diesem Schicksal wollte Peter entgehen. Nirgendwo konnte es schlimmer sein als in der engen Kate im Teufelsmoor, wo beide hasserfüllt aufeinanderhockten, doch einander nicht entkommen konnten; das sagte er sich immer wieder, während der Kahn friedlich vor sich hin trudelte, die sanfte Luft ihn zu streicheln schien und er langsam wieder Mut fasste – ja sogar die Idee zuließ, dass es vielleicht eine Zukunft für ihn gab.

Es war dann doch alles viel schwieriger geworden als gedacht, er war lange unterwegs gewesen mit fahrenden Händlern, reisenden Scharlatanen, die den Dörflern alle möglichen schauderhaft schmeckenden Tinkturen als Medizin andienten, und sogar einem winzigen Zirkus, für den er extra Seiltanzen gelernt hatte.

Erst in Bremen war er dann zu sich gekommen, hatte sich Kirche und Frömmigkeit verschrieben und es in der sakralen Hierarchie, gemessen an seiner bitterarmen Herkunft, sehr weit gebracht. Geheiratet hatte er allerdings nie. Die Vorstellung, Nachwuchs zu zeugen, erschien ihm angesichts seiner familiären Vorbelastung vollkommen absurd, und eine Frau zu lieben, ebenfalls.

Allein die Vorstellung erfüllte ihn mit Ekel.

Ansonsten war sein Leben jedoch nicht schlecht verlaufen. Außerhalb seiner seelsorgerischen Aufgaben hatte er wenig Kontakte. Er las viel, interessierte sich besonders für die Kunst der Renaissance, über die er sich ein solides Wissen aneignete, spielte ab und zu Schach mit einem Kollegen und steuerte, alles in allem, recht geruhsam auf ein angenehmes, im Rahmen seiner Ansprüche sogar einigermaßen sorgenfreies Alter zu. Das jedenfalls war der Status quo, als plötzlich die Träume und Ängste seiner Jugend zurückkehrten wie eine monströs finstere Wesenheit, die jahrzehntelang im Hintergrund gelauert hatte, um ihn genau dann zu vernichten, als er sich endlich einigermaßen sicher fühlte. Peter konnte sich plötzlich an schreckliche Vorfälle erinnern, die er jahrzehntelang verdrängt hatte, während er gleichzeitig vergaß, sein

Abendbrot einzunehmen. Aufgrund schauerlicher Visionen des Gottseibeiuns ließ er das Manuskript seiner Predigt auf dem Küchentisch liegen und konnte von Glück reden, dass es ihm seine Haushälterin gerade noch rechtzeitig in die Sakristei nachtrug; er hatte nämlich keine Ahnung mehr, was er da eigentlich am Vorabend verfasst hatte. Am schlimmsten war aber, dass er seine kranken Schäfchen durcheinanderbrachte. Einen längst Genesenen besuchte er, um den heftig Widerstrebenden zu überreden, das Letzte Abendmahl einzunehmen, während dessen tatsächlich sterbender Nachbar ohne liturgische Hilfe ins Jenseits wechseln musste.

Heinrich hatte der Pastor bei einer Albrecht-Dürer-Ausstellung kennengelernt und sich – natürlich ohne sich das jemals einzugestehen – sofort in dessen hübsches, junges Gesicht verliebt. Heinrich wiederum fand das väterlich höfliche Gebaren des Älteren anziehend, und so waren sie Freunde geworden. Wenn Heinrich beruflich in Bremen zu tun hatte, trafen sie sich gern im feudalen Parkhaus am Hollersee und aßen gemeinsam zu Mittag.

Immer wieder hatte Heinrich von Worpswede berichtet und ihn auch mehrfach in den Barkenhoff eingeladen, ohne zu ahnen, dass – und wie gut! – sein Freund die Region kannte und genau deshalb nicht vorhatte, noch einmal einen Fuß in diesen verfluchten Landstrich zu setzen.

Warum er dann doch gekommen war?

Diese Frage hätte er selbst nicht beantworten können.

Irgendetwas hatte ihn hergezogen, eine vage Hoffnung auf Erlösung vielleicht, falls er sich seiner jahrzehntelang verleugneten Vergangenheit stellte. In Wirklichkeit war aber alles noch viel schlimmer geworden, seit er zum ersten Mal seit so langer Zeit den verhassten Geruch nach schlammigem Wasser wahrgenommen hatte und anschließend zu allem Überfluss auf diese dekadente Künstlermischpoke gestoßen war, jene albernen Menschen, die nur um sich und ihre Befindlichkeiten kreisten (wie konnte sein geliebter, geschätzter Heinrich sich mit so einem Abschaum umgeben!).

Paula mit ihren unordentlichen braunen Haaren war ihm besonders negativ aufgefallen. Was für eine liederliche Gestalt mit ihrem freigeistigen Getue!

Das und noch viel, viel mehr ging ihm durch den Kopf, wirbelte darin herum, ein großes, ja epochales Durcheinander unterschiedlichster Gefühle und Gedankenfetzen rang miteinander und bildete dennoch eine heilige Einheit, weshalb der Pastor willig und sogar glücklich Anstalten machte, diese schmutzige Welt zu verlassen, um sich in die ewige Reinheit zu begeben.

Weiß. Alles war weiß. Weiß, weiß, weiß wie in einer Art schimmerndem Nebel. Genauso wie er es sich immer vorgestellt hatte, nur noch viel schöner und erhabener.

Er atmete aus und nicht mehr ein.

»Ich glaube, er ist tot«, sagte Heinrich. Er kniete auf dem nassen Gras und fühlte den Puls des Pastors. Um ihn herum stand das Grüppchen seiner Freunde und Getreuen und starrte betreten auf den Mann, der eben noch wie ein Wahnsinniger herumgeschrien hatte und nun ganz still und graugesichtig vor ihnen lag. Was zur Folge hatte, dass die Suche nach Marleen abgebrochen werden musste, da man den mehr oder weniger Unbekannten ja nicht einfach da liegen lassen konnte.

»Woher kennst du ihn eigentlich?«, fragte Paula den aufs Äußerste betrübten Heinrich, der sich nun mithilfe von Fritz und Otto erhob und den Kopf in den Nacken legte, als wollte er der Seele des Pastors hinterherschauen.

»Er war ein Kunstliebhaber«, sagte Heinrich schließlich in den verhangenen Himmel. »Allerdings liebte er nur die alten Meister. Mit neueren Richtungen konnte er nichts anfangen.«

»Was weißt du sonst über ihn?«

Heinrichs Erstarrung wich; er senkte den Kopf, nahm seine Kappe ab und wischte sich mit dem Handrücken über die Stirn.

»Nichts eigentlich«, sagte er und richtete den Blick auf Paula, sah sie aber seltsam verschwommen, so als wäre sie gar nicht wirklich da. »Er war jedenfalls ein sehr gläubiger Mensch.«

»Nun, das gehört sich ja wohl auch für einen Kirchenmann«, sagte Clara.

»Ach wirklich?«, erwiderte Heinrich bemüht ironisch.

»Etwa nicht?«

»Ich meinte damit, er war *wirklich* gläubig. Nicht auf diese heuchlerische Art, die man von den meisten Würdenträgern kennt. Er fragte sich zum Beispiel immer wieder, was Gott mit ihm vorhabe, wozu er ihn berufen habe, warum er auf der Welt sei, welche Aufgabe Er ihm zugedacht habe …«

Heinrichs Stimme verklang. In die ehrliche Trauer über einen verlorenen Freund mischte sich ein Gefühl der Überforderung. Er musste jetzt jemanden benachrichtigen, eine Behörde, die Kirche in Bremen, ein Beerdigungsinstitut? Hatte der Tote Eltern, Geschwister, sonstige Verwandte? Über solche irdischen Dinge hatten sie nie gesprochen, und derartig prosaische Alltagspflichten nahm ihm normalerweise Martha ab.

Aber die sah heute nicht so aus, als hätte sie Lust dazu.

»Er stammt aus dieser Gegend«, sagte Paula in seine düsteren Gedanken hinein. »Ich denke, er hat hier seine Jugend verbracht.«

»Bitte?«

»Das hat er mir vorhin jedenfalls erzählt.«

»Das ist nicht möglich!«, rief Heinrich regelrecht erbost; er kannte den Pastor doch viel länger als Paula, warum hatte er davon keine Ahnung?

»Er hat es dir nicht gesagt?«, fragte Paula mit ihrem unsäglichen Talent, in bereits vorhandenen Wunden zu bohren.

»Nein!«

»Hast du ihn denn je gefragt?«

»Warum sollte ich, Herrgott noch mal! Er war Kunstkenner und ein Mann der Kirche.«

»Das ist so typisch für euch Männer«, sagte Clara. »Ihr redet über die großen, wichtigen Fragen der Kunst, der Philosophie, der Religion, der Politik, der Menschheit im Allgemeinen und im Besonderen, aber nie über euch selbst. Als hätten eure eigenen Gefühle und Erfahrungen gar keine Bedeutung.«

»Stimmt«, sagte Martha versonnen, was Heinrich noch mehr aufbrachte. Er wollte gerade etwas erwidern, als er plötzlich aus einem Augenwinkel wahrnahm, dass der Pastor sich bewegte.

»Er lebt«, sagte Rilke, der dasselbe beobachtete, und alle schwiegen nun ergriffen, als wären sie Zeugen einer Art Wunderheilung.

Der Pastor wiederum spürte zu seiner maßlosen Enttäuschung, dass er sich nicht in sanft leuchtenden himmlischen Gefilden befand, sondern auf einem kalten, feuchten Untergrund, umringt von Menschen, die er nicht ausstehen konnte.

Außerdem tat ihm der Rücken weh.

Alles tat ihm weh, um genau zu sein.

Am liebsten hätte er laut und gotteslästerlich über seine missliche Lage geflucht, so wie es sein Vater getan und es dabei sicher nicht belassen hätte.

Stattdessen nuschelte er etwas, das sehr tief aus seinem Inneren kam und das glücklicherweise niemand verstand, nämlich: »Es gibt Frauen, die sollten nicht Mütter werden, sonst holt sie der Teufel.«

Dann richtete er sich stöhnend auf, und Heinrich, Otto und Fritz halfen ihm hoch.

22

Die Fahndung nach Marleen wurde seitens der Künstler schon vor Einbruch der Dämmerung beendet. Nach dem Schock mit dem Pastor, der nach langem Hin und Her von Heinrich und Fritz in den Barkenhoff zurückbegleitet wurde, war der Elan des restlichen Suchtrupps ohnehin stark abgeflaut. Noch dazu schlug das Wetter wieder einmal um, es wurde windig und regnerisch.

Man traf sich gegen vier Uhr unverrichteter Dinge an der Anlegestelle und trennte sich dann. Paula begleitete Clara in ihr Atelier, und Martha, sonst immer die Außenseiterin, schloss sich den beiden an. Die Vorgeschichte zu dieser neuen interessanten Entwicklung war, dass sich Martha zu Claras und Paulas Verblüffung geweigert hatte, den Pastor nach Hause zu bringen – so wie es Heinrich eigentlich am liebsten gewesen wäre. Martha hatte allerdings in für sie untypischer Deutlichkeit erklärt, dass sie gar nicht daran dächte, mehr Zeit als unbedingt nötig mit diesem unangenehmen Mann zu verbringen.

»Du hast ihn eingeladen, ohne mich auch nur davon in Kenntnis zu setzen, also kümmerst du dich bitte um ihn«, hatte Martha unter dem Beifall von Paula und Clara gesagt.

»Du hast mich wirklich beeindruckt«, sagte Clara später. Sie räkelte sich auf dem Sofa und sah in den Knickerbockerhosen mehr denn je wie ein hübscher junger Mann aus, allerdings nicht aus jeder Perspektive, wie Martha auffiel, die sich ihr gegenüber in einen Sessel gekuschelt hatte. Ein bisschen erinnerte sie das an Heinrich, dessen feminine Züge sie schon immer angezogen hatten. Clara war sein weibliches Gegenstück, wie die andere Seite einer Medaille.

»Ich habe nur gesagt, was ich dachte«, antwortete sie Clara ein wenig so, als sei das eine Selbstverständlichkeit. Was es, wie sie natürlich wusste, nicht war – sie widersprach Heinrich viel zu selten, nahm viel zu vieles einfach so hin, und erst heute war ihr das richtig bewusst geworden.

»Ich lasse ihm fast alles durchgehen, weil ich ihn liebe«, sagte sie, als wäre das eine Erklärung.

Clara stand auf, was sie einer Antwort enthob, und brachte auf einem Tablett eine Kanne Tee mit drei Tassen. Sie stellte alles auf dem wackligen Couchtischchen ab, und Clara schenkte ein, während Paula eine halb volle Flasche Stroh-Inländer-Rum aus der Anrichte zauberte.

»Gute Idee!«, rief Clara und goss ihnen allen einen kräftigen Schuss ein, ohne auf Zustimmung zu warten. Paula setzte sich neben sie aufs Sofa, und sie stießen mit ihren Tassen an.

»Ihr wisst, was ihr da trinkt?«, fragte Paula.

»Oh, nicht schon wieder!«, entgegnete Clara. »Du hast mir die Flasche geschenkt, sie gehört mir! Und jetzt kein weiteres Wort!«

»Die Firma Stroh hat dieses Jahr auf der Pariser Weltausstellung die Goldmedaille gewonnen. Und diese Flasche stammt direkt von dort.«

»Wirklich?«, fragte Martha beeindruckt.

»Siehst du«, sagte Paula grinsend zu Clara. »Hier ist jemand, der Qualität zu schätzen weiß.«

»Angeberin.«

»Ich sage nur die Wahrheit.«

Eine halbe Stunde später herrschte eitel Ausgelassenheit, aber auch beginnende Müdigkeit. »Männer sind so seltsam«, sagte Martha mit schwerer Zunge.

»Da hast du sooo recht«, meinte Paula. Oder war es Clara? Martha konnte die beiden im Dämmerlicht nicht mehr so recht auseinanderhalten, es war fast, als wären sie eine einzige Person.

»Wie ist das eigentlich, mit einem Mann zusammenzuleben?«, fragte Paula. (Nein, Clara. Oder? Die Stimmen waren sich so ähnlich!)

Martha überlegte. »Es macht glücklich und unglücklich, und manchmal kann man beides nicht voneinander unterscheiden«, sagte sie dann.

»Warum unglücklich?«, fragte Paula. (Ja, es war diesmal zweifelsohne Paula.)

»Ich weiß so oft nicht, was er denkt.«

»Und? Was ist daran schlimm?«

Wieder dachte Martha nach. Der Alkohol verlangsamte alles; er öffnete Türen in ihr und verschloss andere. »Es ist nicht gerecht«, sagte sie schließlich. »Gleichzeitig will er ja alles von mir wissen. Ich darf keine Geheimnisse haben. Er aber schon.«

»Aber vielleicht weiß er gar nicht, dass er Geheimnisse hat«, sagte Clara.

»Das weiß er sehr wohl. Es sind ja auch gar keine richtigen Geheimnisse. Er redet mit euch über Dinge, über die er mit mir nicht redet. Als wäre ich …«

»Was?«

»Als wäre ich zu dumm.«

Martha fühlte sich erleichtert, es ausgesprochen zu haben, doch gleichzeitig war es ihr peinlich. Vielleicht war sie ja wirklich zu dumm und wollte es nur nicht wahrhaben. Vielleicht fehlte ihr eine wesentliche Eigenschaft, die sie dazu befähigte, Heinrich zu verstehen, und vielleicht heiratete er sie deshalb nicht und traf außerdem alle möglichen kränkenden Vorkehrungen, um sie ja nicht zur Mutter zu machen.

»Manchmal quält er sich, und ich weiß nicht, warum. Er hat dann alle möglichen Begründungen und Ausreden, warum er so verzweifelt und mutlos ist, aber sie stimmen nicht. Ich spüre, dass sie nicht stimmen. Es kommt aus ihm selbst.«

»Aus ihm selbst?«

»Ja. Er hat es nicht in der Hand.«

Sie wurde traurig.

»Komm hierher«, sagte Paula. Sie hatte mittlerweile überall Kerzen angezündet, die ein warmes, ein wenig unsicheres Licht verbreiteten. Ihr schmales Gesicht, eingerahmt von der dichten Haarwolke, sah sehr schön aus.

Sie streckte ihre Hand aus.

»Setz dich zu uns, Martha. Bitte.«

»Warum?«

»Einfach so.«

Und Martha stand auf und setzte sich zwischen ihre beiden neuen Freundinnen. Es fühlte sich an wie in der ganz frühen Kindheit, als sie mit ihren Geschwistern noch ein Bett geteilt hatte.

Eng, aber vertraut.

»Er bewundert dich«, sagte sie zu Paula, denn sie wollte jetzt ganz ehrlich sein, um sich dieser neuen Freundschaft würdig zu erweisen.

»Wer?«, fragte Paula.

»Nun, Heinrich.«

»Mich?« Paula lachte leise schnaubend, als hätte sie selten etwas Absurderes gehört.

»O ja, dich«, sagte Martha gekränkt. »Er sagt, du bist die Zukunft.«

»Er hat einen Witz gemacht, Martha! Niemand außer Otto schätzt, was ich tue.«

»Das wollen sie dir alle weismachen«, sagte Martha und wusste im selben Moment, dass es stimmte, obwohl sie doch nur die Meinung von Heinrich kannte. Sie spürte, dass Paula sich neben ihr versteifte, schließlich sogar ein wenig von ihr abrückte, und erschrak.

Irgendetwas hatte sie falsch gemacht.

Aber was?

»Paula?«, fragte sie vorsichtig.

»Wie kommst du nur auf so etwas, Martha? Es ist einfach nicht nett von dir …«

»Heinrich hat es genau so gesagt, mit diesen Worten! Es ist wahr, ich schwöre es dir!«

»Nun glaub es doch endlich mal!«, mischte sich Clara von der anderen Seite ein.

Und da geschah es, dass Paula anfing zu weinen und den darüber sehr erschrockenen Freundinnen schließlich alles beichtete, angefangen von ihrer finanziellen Lage, die eben noch viel aussichtsloser war, als sie selbst lange Zeit hatte wahrhaben wollen, und die sie nun zwingen würde, tätig zu werden.

»Tätig werden?«, fragte Clara alarmiert.

»Ich muss mir eine Arbeit suchen. Mich von meinem Traum verabschieden. Weggehen.«

»Weggehen? Auf keinen Fall!«

»Doch, Clara. Meine Koffer sind gepackt. Ich muss nur noch meine Bilder sichten. Möchtest du eins?«

»Paula …«

»Und du, Martha? Ihr dürft euch beide eins aussuchen, ach was, so viele ihr wollt! Ich brauche sie ja nicht mehr.«

»Hör auf mit diesem Unsinn! Du hast Otto, und Otto liebt dich!«

»Aber liebe ich Otto?«

»Du hast ihn geliebt, und du wirst ihn wieder lieben!«

»Du meinst, ich werde sein Geld lieben und dass er mich aushalten wird wie eine Konkubine?«

»Nein!«

»Wenn ich mich für die Ehe mit ihm entscheide, Clara – bin ich dann besser als die Sorte Frau, als die mich der Pastor beschimpft hat? Denk gut über die Frage nach – und antworte ganz, ganz, ganz ehrlich, ich bitte dich!«

Doch bevor Clara ganz, ganz, ganz ehrlich antworten konnte, was sie keineswegs vorhatte (es gab Dinge, die man nicht aussprach; die Wahrheit als solche gab es ja gar nicht, und selbst wenn es sie geben sollte, war sie dennoch nicht sakrosankt und manchmal einfach nur zerstörerisch) –, da klopfte jemand.

Clara sprang erleichtert auf und öffnete die Tür.

Draußen stand Bauer Brünjes mit einem kleinen, völlig verdreckten und verstaubten Mädchen an der Hand, das müde ins Kerzenlicht blinzelte.

»Marleen«, sagte Paula.

Sie spürte eine Erleichterung, die ihr beinahe wieder die Tränen in die Augen trieb.

»Mir ist kalt«, sagte Marleen mit einer sehr dünnen, gar nicht mehr frechen Stimme. »Kann ich zu meiner Mama?«

23

Zwei Tage später unternahmen Otto und Paula eine Bootsfahrt auf der Wümme, und Otto gestand Paula seinen Wunsch, sie zu heiraten. Ja, er schaffte es sogar, sich auf den schwankenden Boden des Torfkahns zu knien und ihr einen formvollendeten Antrag zu machen, bei dem alles zu stimmen schien, einschließlich des Verlobungsrings – ein hübscher Goldring mit einem winzigen, blitzenden Diamanten.

Die Luft war mild und fast unbewegt, als Paula ihm ihr Jawort gab, glücklich und unglücklich zugleich – in ihr kämpfte und brodelte es wieder einmal, was sie tapfer ignorierte –, aber dann doch in der Gewissheit, dass dies der richtige Weg war.

Sie würde bleiben, hier in Worpswede. Sie würde Marleen auf eine gute Schule schicken, wo sie wirklich etwas lernen und ihre Fantasie schulen könnte – Otto würde das finanzieren, das wusste sie, so gut kannte sie ihn. Sie würde keine Sorgen mehr haben, und ihre Eltern würden sie als Künstlerin endlich akzeptieren.

Oder?

Was erwartete Otto wirklich von ihr?

Sie sah ihn an, den Mann, in den sie jahrelang so verliebt gewesen war und den sie nun nach einer längeren Pause von Neuem lieben würde (sollte, musste!).

»Ja«, sagte sie noch einmal. »Ich will«, bekräftigte sie, weil das Ja ein bisschen kläglich geklungen hatte.

Otto lächelte, als fiele ihm ein Felsen von der Seele, und das fand sie richtig süß.

»Würdest du …«

»Was, meine Liebste?«

»… mir erlauben, Marleen auf eine wirklich gute Schule zu schicken – eine in Bremen, wo sie richtig viel lernt und vielleicht später …«

»Ja, meine Liebste, das würde ich sehr gern tun.«

»Würdest du mit mir mitkommen und das Marleens Eltern erklären? Wenn ein Mann dabei ist, ist das doch irgendwie überzeugender.«

Otto lächelte wieder. »Auf jeden Fall.«

»Du bist so wunderbar!«

»Dieses Kompliment gebe ich gern zurück.«

»Mein lieber, lieber Otto! Wie lange haben wir gewartet!« Paula versuchte, ihn zu umarmen, ihre Verlobung mit einem Kuss zu besiegeln.

Machte man das nicht so? War jetzt nicht der richtige Moment? Und wenn nicht jetzt, wann dann?

Aber irgendetwas stimmte plötzlich nicht mehr, wie ein kalter Luftzug, der die Atmosphäre eines milden Sommertags verdarb.

Otto reagierte nicht. Oder jedenfalls fast nicht.

Sein Körper fühlte sich steif an, und als er schließlich doch folgsam ihre Lippen mit seinen berührte, sehr oberflächlich und auf eine trockene, fast ein wenig widerwillige Art, musste Paula unwillkürlich an Rilke denken, bei dem es so anders gewesen war, so warm und selbstverständlich …

»Liebst du mich denn?«, fragte sie und bereute es sofort.

Otto schob sie einigermaßen brüsk von sich. »Wie kannst du daran zweifeln?«

»Nun …«

»Was *nun?*«

»Ich …«

»Manchmal verstehe ich dich einfach nicht, Paula! Was willst du eigentlich?«

»Manchmal verstehe ich mich vielleicht selbst nicht.«

Den Rest der Fahrt schwiegen sie, und Paula grübelte, wie sie diese Situation wieder in Ordnung bringen konnte und ob überhaupt sie es war, die etwas in Ordnung zu bringen hatte.

Schließlich legten sie an, und Otto half ihr aus dem Kahn. Immerhin ließ er ihre Hand nicht los, als sie neben ihm stand. Immerhin umarmte er sie, als sie wieder auf festem Boden standen, sehr fest, beinahe zu fest, um nicht zu sagen: grob. Und wieder so steif. Eben gar nicht, wie sie sich die Umarmung eines Liebsten vorstellte …

Sie schloss die Augen und dachte an jemand anderen.

An jemanden in Paris.

Dessen Hände ihren Körper nur leise berühren mussten, um ihn in Schwingungen zu versetzen …

Vielleicht würde das alles noch kommen, dachte sie und befreite sich sanft aus dem Klammergriff ihres zukünftigen Mannes.

»Wenn wir heiraten«, sagte sie zögernd, »möchte ich übrigens nicht …«

Zum zweiten Mal an diesem Tag sah sie Otto lächeln, aber diesmal so verschmitzt, wie sie es liebte, und ihr wurde sehr viel leichter ums Herz, denn jetzt erkannte sie endlich den Mann, von dem sie so leidenschaftlich geträumt hatte, als er noch nicht zu haben war. Sie lächelte ebenfalls. Hinter Otto ging die Sonne unter und schien tieforange durch seine feinen, rötlichen Haare: Ja, alles war an seinem Platz, und auch die Romantik fehlte nicht.

»Ich heirate eine Künstlerin«, sagte Otto feierlich und legte Paula die Hände auf die Schultern, wie einer Schülerin, die es zu beglückwünschen galt. »Ich möchte nicht, dass sie sich in eine Hausfrau verwandelt.«

»Danke. Ich danke dir so sehr!«

Abends wurde im Barkenhoff gefeiert.

Nicht ihre Verlobung, davon sollte noch niemand wissen. Dass Marleen jedoch entgegen aller schlimmen Erwartungen höchst lebendig war, war ein wichtiger Anlass. Und so stand Heinrich, nachdem die Vorspeise serviert worden war, auf und klopfte an sein Glas.

Die Runde verstummte und wartete. Clara und Paula fassten sich unter dem Tisch an den Händen (Paula mit schlechtem Gewissen, weil sie der Freundin immer noch nichts von Ottos Antrag erzählt hatte).

»Liebe Freunde, liebe Gäste«, begann Heinrich, verhaspelte sich beim zweiten »liebe« (es klang eher wie »leibe«) und begann – Perfektionist, der er nun einmal war – noch einmal von vorn.

»Liebe Freunde, liebe Gäste! Wie einige von euch wissen, haben wir vor ein paar Tagen einen schlimmen Schock erlitten. Ein junges Modell unserer Paula

Becker – ein kleines Mädchen – verschwand spurlos, nachdem Paula ihr mitteilen musste, dass das Werk vollendet und ihre Mitwirkung also nicht mehr vonnöten war. Wir befürchteten nun, dass Marleen Kruse in ihrer Verzweiflung ins Moor gegangen und dort ums Leben gekommen sei.«

Heinrich machte eine Pause und sah Paula direkt in die Augen.

Warum tat er das? Was sollte überhaupt diese Rede?

»Doch glücklicherweise hatte sich Marleen nur versteckt. Die Bäuerin Brünjes fand sie, als sie sauber machen wollte, unter Paulas Bett. Sie hatte gehofft … Nun, ich weiß nicht, was dieses arme Ding sich erhofft hat, doch sicher ist, dass Paula es ihr nicht geben kann.«

Paula blitzte ihn an, doch Heinrich fuhr fort damit, ihr auf – immerhin höflich-subtile Weise – die Schuld an Marleens Verschwinden aufzuladen. Als wäre er dabei gewesen, schilderte er die enge Bindung, die das liebe, unschuldige Wesen zu Paula aufgebaut hatte und die durch den Schlussstrich unter ihre vertrauensvolle Zusammenarbeit jäh – bei dieser Vokabel machte Heinrich eine kleine Kunstpause – beendet wurde.

»Wir wissen alle, dass wir als Künstler eine Verantwortung tragen. Fritz, Otto, Hans, ich und die anderen haben deshalb immer darauf geachtet, unsere Modelle als das zu behandeln, was sie sind: Modelle. Also natürlich ehrenwerte Leute, das ist gar keine Frage. Jedoch niemals Freunde, niemals Schwestern, Brüder, Verwandte, auch nicht in geistig-seelischer Hinsicht. Vielleicht sind Männer eher in der Lage, eine strikte Trennung einzuhalten zwischen dem Menschlich-Allzumenschlichen und der Arbeit.«

»Hör auf damit, Heinrich«, sagte Paula.

»Ja«, sprang ihr Clara bei. »Du warst nicht einmal zugegen, Heinrich, oder irre ich mich da? Woher willst du das denn alles wissen? Wie kannst du dir anmaßen, Marleens Gedanken und Gefühle zu beurteilen?«

Heinrich lächelte. »Nun«, sagte er, »ich habe die Eltern besucht. Sie haben es mir mitgeteilt, wie unglücklich Marleen war, dass Paula sie nicht mehr brauchte.«

»Haben sie dir auch mitgeteilt, dass ich versprochen habe, mich weiter um die Zukunft Marleens zu kümmern, und wie ich das zu tun gedenke?«, rief Paula.

»Du?«, sagte Fritz verächtlich von der anderen Seite des Tisches. »Du kannst dich doch nicht einmal um deine eigene Zukunft kümmern. Glaubst du, wir wissen nicht, wie es um dich bestellt ist?«

»Um mich mach dir keine Gedanken.«

»Nun, wenigstens einer sollte es doch tun, nicht wahr?«

»Deine Sorge um mein Wohlergehen rührt mich tief«, versetzte Paula, bebend vor Wut. »Aber es geht hier ja nicht um mich, wie wir doch bitte nicht vergessen wollen. Marleen wird die Möglichkeit bekommen, das aus ihrem Leben zu machen, was in ihr, einem unglaublich fantasiebegabten Kind, steckt. Das verspreche ich dir und euch allen, und natürlich habe ich es auch Marleens Eltern versprochen. Und sie waren einverstanden.«

»Wirklich?«, fragte Heinrich. »Davon haben sie mir gar nichts erzählt.«

»Warum hätten sie das tun sollen? Das geht dich doch überhaupt nichts an. Und überhaupt – wenn du dich so um ihr Schicksal sorgst, hättest du, als etablierter, gut verdienender Künstler, ihr doch auch ein entsprechendes Angebot machen können.«

In diesem Moment erhob sich Martha.

»Nicht wahr?«, bohrte Paula nach, während Heinrich hierauf eine Antwort schuldig blieb und Martha das Geplänkel, das wieder einmal im Begriff stand, in einen handfesten Streit auszuarten, mit der Ankündigung beendete, dass genau *jetzt!* die Hauptspeise serviert werde. Doch es half nichts: Die Auseinandersetzung hinterließ bei allen Anwesenden ein schales Gefühl; niemandem war mehr festlich zumute.

Also trennte sich die Runde zügig nach dem Dessert, und irgendwie ergab es sich, dass Paula und Rilke einen Spaziergang machen wollten, obwohl es dafür zu dunkel, zu windig und zu kalt war. So endete er kaum fünf Minuten später vor Paulas Atelier bei Brünjes gegenüber dem Barkenhoff. Rilke sah nun zum ersten Mal einige Arbeiten Paulas, und sein schwärmerisches Naturell veranlasste ihn zu größtmöglicher Ergriffenheit, die er allerdings – ohne dass Paula etwas davon ahnte – auch schon bei Claras Werken gezeigt hatte. Jedenfalls verlief der Abend auf eine sehr ungeplante Weise, es kam nämlich nach vielen heißen Küssen zu einem weiteren Heiratsantrag, der aber – wie Paula schnell erkannte – von einem Überschwang geprägt war, der nicht nachhaltig sein konnte.

Also sagte sie Nein und noch einmal Nein.

Und dann – nach weiteren Küssen – beinahe: Ja.

Aber nur beinahe.

Sie schlief schlecht, als Rilke schließlich gegangen war.

24

Während Paula schlief beziehungsweise nicht schlief, machte Otto einen kurzen Nachtspaziergang, bevor er sich wieder an seinen Schreibtisch setzen würde, um im schwachen Schein einer Petroleumlampe eine seiner Kompositionszeichnungen fertigzustellen, die Rilke in großer Verehrung seiner Kunst die »Abendblätter« nannte und die auch Paula besonders liebte, wie sie ihm immer wieder aufs Neue versicherte.

Sie sind das Zarteste und das Gewaltigste deiner Kunst, lieber Otto, und kaum jemand bemerkt es.

Danke, liebe Paula, dein Lob ist mir so wichtig.

Lob – das klingt, als ob ich dir etwas Gutes tun wollte. Ich bin aber nur ehrlich.

Und genau das liebe ich an dir.

Während er sich die Pfeife stopfte, dachte er an ein Gespräch mit Rilke zurück, der ihn überraschend besucht und sich so begeistert von seinen Bildern gezeigt hatte, dass Otto schließlich eins nach dem anderen hervorgeholt und erklärt hatte, bis Rilke schließlich fast alle dieser kleinformatig-reduzierten Werke gesehen hatte.

»Wie hast du das gemacht?«, hatte ihn Rilke gefragt, und Otto hatte ihm erklärt, dass er sie absichtlich nur mit Kreide, Kohle und Rötel erstellt hatte und dass sie auch ihm besonders viel bedeuteten, eben weil sie so ohne jeden Pomp entstanden waren.

»Sie sollten bescheiden sein«, sagte er, als Rilke ihm

gegenübersaß und ihn mit seinen sehr großen, etwas hervorstehenden Augen fixierte.

»Ja«, rief Rilke, »das ist das richtige Wort, und deswegen seid ihr alle, ist Worpswede mir so lieb geworden. Die Bescheidenheit der Landschaft mit ihren stillen, doch kraftvollen Menschen färbt unwillkürlich auf die Bewohner ab.«

»Oh, so siehst du das? Interessant!«

»Auf jeden Fall, lieber Otto. Diese Art zu leben verschafft ihnen eine Art Frieden, die es nirgendwo anders geben kann. Ich glaube, ich kann mir nicht mehr vorstellen, an einem anderen Ort zu leben.«

»Da magst du teilweise recht haben«, gestand Otto ihm zu, auch wenn ihm das schwärmerische Temperament des Dichters manchmal ein wenig auf die Nerven ging und er ihm auch nicht wirklich glaubte. Rilke für immer in Worpswede? Dieser unruhige Geist, der es bislang nirgendwo lange ausgehalten hatte?

»Du möchtest dich also wirklich hier niederlassen?«, fragte er vorsichtig.

»Nichts wäre mir lieber als das!«

Diese Möglichkeitsform klang in Ottos protestantischen Ohren eher wie Wunschdenken als wie ein wirklich durchdachter Plan, doch wer war er schon, Rilke darauf aufmerksam zu machen, dass er nach Ottos Meinung zu den Träumern gehörte, für die Heimat überall und nirgends war und sich letztlich ausschließlich in ihren Köpfen abspielte?

»Nun, das würde uns alle sehr freuen«, sagte er höflich. »Wir haben zwar viel Besuch, doch ehrlich gesagt braten wir schon auch ein bisschen in unserem eigenen Saft, wenn du verstehst, was ich meine.«

Rilke lächelte mit dieser sanften Ironie, die sein Pathos häufig, wenn auch nicht direkt Lügen strafte, aber doch in gewisser Weise relativierte.

»Ihr seid allesamt ein wenig zu streng mit euch«, antwortete er schließlich, nachdem er sich in Ottos Sessel sehr weit zurückgelehnt hatte, mit einer dieser etwas übertriebenen Bewegungen, die ihm eigen waren – langsam, fast schlangenhaft – und die Otto beinahe unmännlich erschienen, aber auch seltsam verführerisch. Er räusperte sich.

»Zu streng?«

»Nun ja. Jeder scheint für sich zu malen und verteidigt seine Technik und seinen Blick auf die Dinge und überhaupt seine Sichtweise der Kunst bis aufs Blut, so kommt es mir manchmal vor. Wolltet ihr nicht ursprünglich einmal zusammenarbeiten?«

Otto seufzte. »Eigentlich schon. Der Gedanke war schön. Wir alle an einem Strang ziehend, uns gegenseitig befruchtend, um auf diese Weise vielleicht die außergewöhnlichsten Werke vollbringen zu können, da alle Kräfte sich zu einer einzigen Ausnahmekraft bündeln würden.«

»Aber?«

»Aber irgendwann stellt man fest, dass man zu verschieden ist«, sagte er. »Wir sind alle zu ichbezogen. Jeder Künstler kennt das wohl, würdest du mir da nicht zustimmen?«

»Nun …«

»Oder drücken wir es freundlicher aus: Jeder muss seinen eigenen Weg finden. Das heißt ja nicht, dass wir uns in alle Winde zerstreuen sollten. Noch ist in Worpswede für jeden von uns Platz.«

»Aber kommen wir zu deinen Bildern zurück«, sagte Rilke.

Er saß nun tief versunken im Sessel, und es war so, als hätte er Ottos Gegenwart vollkommen vergessen und als würde er nur noch zu sich selbst sprechen (beziehungsweise, dachte Otto, einen Text formulieren, der dazu gedacht war, später schriftlich niedergelegt zu werden). »In ihnen drängt sich etwas sehr Großes in etwas, das man ganz in der Hand halten kann, in der eigenen ohnmächtigen Hand.«

»Ach wirklich?«, sagte Otto. »Das entsprang gar nicht meiner Absicht. Ich wollte nichts Großes schaffen, es ging mir vielmehr um eine Stimmung, etwas Unsagbares, das jenseits des Dinglichen aufscheint und ihm vielleicht eine neue, zarte Dimension hinzufügt …«

Doch Rilke schien ihm nicht länger zuzuhören, stattdessen sprang er unvermittelt auf ein völlig anderes Thema, nämlich …

Paula Becker.

Wie sie das Ganze sähe. Als Frau. Und Künstlerin.

In Otto zog sich etwas zusammen, doch er blieb äußerlich ganz ruhig.

»Auch Paula«, sagte er, »und darin sind wir uns vollkommen einig, selbst wenn unser Stil sehr, sehr unterschiedlich ist – Paula liebt den kraftvollen, fast groben Farbauftrag, und das macht ihre Bilder so stark, fast dreidimensional und beinahe abstrakt in ihrer Wirkung –, also auch Paula möchte nicht einfach nur abbilden, was sie sieht, sondern aus dem, was sie sieht, etwas Neues schaffen, das man eben vorher noch niemals gesehen hat …«

»Tatsächlich?«

»Ja, das verbindet unsere Arbeiten auf einer, sagen wir, höheren Ebene.«

»Das ist faszinierend.«

»Findest du?«

»Warum nicht? Ja.«

Otto als sensibler Mensch spürte jedoch sofort Rilkes komplettes Desinteresse an Paulas Schaffen und Wirken. Stattdessen versuchte der Dichter nun zu Ottos nicht geringem Missvergnügen herauszufinden, wie nahe die beiden sich standen, und das mit einer gewissen Eindringlichkeit, ja: Vehemenz, die schon fast etwas Besessenes hatte, als hinge von Ottos Antwort eine Menge ab.

Otto sagte hierzu selbstverständlich nichts, sondern versuchte im Gegenteil, das ihm jetzt immer unangenehmere Zusammensein zu beenden, indem er sich erhob und irgendwelche Erledigungen vortäuschte, die angeblich keinen Aufschub erlaubten.

Während er an dieses merkwürdige Gespräch zurückdachte, war er wieder in seinem Vorgärtchen angelangt, wo er sich auf seine Bank setzte, sich eine weitere Pfeife stopfte und zwischen zwei Zügen den glühenden Tabak im Pfeifenkopf betrachtete wie ein Orakel.

Er hatte Grund, glücklich zu sein, nachdem Paula seinen Antrag angenommen hatte. Diese Heirat, nach der er sich sehnte, würde stattfinden. Das war eine Tatsache. Paula gehörte nicht zu den Frauen, die leichtfertig etwas versprachen und es sich dann anders überlegten. Und dennoch war Otto nicht glücklich, das ließ sich leider kaum leugnen. Stattdessen fühlte er sich wie jemand, der Erwartungen geweckt hatte und nun nicht imstande war, sie zu erfüllen.

Er schloss die Augen und versuchte, sich Paulas Körper, ihre Lippen, ihr Lächeln, das Schimmern ihrer Augen, ihr schönes, schweres Haar, all das Sinnliche an ihr zu vergegenwärtigen, doch es gelang ihm einfach nicht.

Was ihm aber gelang: die Bewunderung und Zuneigung wachzurufen, die sie in ihm auslöste. Sie war eine Malerin, eine wirklich begabte Künstlerin, das konnte er einfach sehen, nein: fühlen! In ihr steckte etwas Großes, Gewaltiges, das nach außen drängte, doch ihre angenehme äußere Hülle – ihr Lächeln, ihr Charme – schien das irgendwie nicht zuzulassen, und über diesen Widerspruch kam er irgendwie nicht hinweg.

Oder lag es an Helene?

Er hatte Helene zumindest am Anfang ihrer Ehe begehrt, das stand fest. Und dann war sie ihm – bei aller noch vorhandenen Liebe, die sich irgendwann in Mitleid und schließlich angesichts ihrer zunehmenden Hoffnungslosigkeit in eine Art Überdruss verwandelt hatte – zu einer Last geworden. Dieses Gefühl war aber nicht stetig. Es wechselte sich immer wieder mit Phasen großer, leidenschaftlicher Empathie ab – einem schrecklichen, ganz und gar unerträglichen Kummer angesichts Helenes Schmerzen, bei denen er ihr nicht helfen konnte.

An solchen Tagen saßen sie manchmal stundenlang eng umschlungen auf dem Sofa, und er umfasste sie ganz vorsichtig, aber so liebevoll er nur konnte, um ihr zu zeigen, dass er da war, dass er ihr so gerne helfen würde, wenn er nur wüsste, wie. Besonders diese innigen, tieftraurigen und doch auch wunderschönen Phasen ihrer beständig fortschreitenden Krankheit versuchte Otto normalerweise aus seinem Gedächtnis zu verbannen, weil sie ihm noch im Nachhinein die Luft abschnürten.

Er lehnte seinen Kopf an den rauen Putz.

Er hatte Helene kurz vor ihrem Tod verlassen, um Paula in Paris zu besuchen, und es war nicht Paris allein gewesen, das ihn angezogen hatte, sondern Paula. Wie sollte er sich das jemals verzeihen?

Er hatte gewusst, dass Helene bald sterben würde und dass sie todunglücklich darüber war, dass er sie ausgerechnet jetzt verließ.

Er war trotzdem abgereist.

Hatte sich vorgelogen, dass schon alles gut gehen würde. Wie oft hatte sie schon an der Schwelle des Todes gestanden und sich doch wieder erholt.

Er hatte Helenes Tränen einfach übersehen.

Lag es daran, dass er Paula wollte, aber dann auch wieder ganz unmöglich fand? Dass er sie liebte, aber innerlich immer wieder von sich stieß?

Oder machte er sich etwas vor, und der Grund für seine seltsame Angst lag ganz woanders, tief in ihm drin, unerreichbar für seinen ehrlichen Willen, Paula in jeder Hinsicht ein guter Ehemann zu werden?

25

In den nächsten Tagen sollten sich die Ereignisse überschlagen, immerhin ohne weitere größere Katastrophen, aber es ging so hin und her; Entscheidungen fielen und wurden wieder umgestoßen, insgesamt herrschte eine nervöse Unruhe, die alle Worpsweder zu erfassen schien. Es war nun Ende September. Die Luft hatte die Milde des ersten Sommers im neuen Jahrhundert verloren, sie war kühl, aber gleichzeitig auch ein wenig schal geworden: Das Jahr null neigte sich bereits dem Ende zu, und die weltumspannenden, tief greifenden Veränderungen, die so viele Menschen bei der Jahrhundertwende erwartet hatten, waren nicht – noch nicht – eingetreten.

Dafür hatten sich die Gemüter im abgelegenen Worpswede anfangs etwas beruhigt. Es kamen wieder einige Gäste, darunter Paulas Schwester Milly und Heinrichs Bruder Franz. Otto und Paula planten in aller Stille ihre Hochzeit und vereinbarten schließlich, Anfang Oktober die Verlobung offiziell mitzuteilen. Otto war ein wenig aufgeregt angesichts der Tatsache, dass er zumindest formal um die Hand Paulas würde anhalten müssen, was wiederum Paula einigermaßen lächerlich fand; ihr Vater würde natürlich höchst begeistert sein, dass sich jemand wie Otto seiner widerborstigen Tochter annahm.

Und dennoch blieb Rilke in Paulas Gedanken gegenwärtig, weil sie ja nicht ahnte, dass ihr leidenschaftlicher Verehrer auch Clara den Kopf dermaßen verdreht hatte, dass diese – ausgerechnet Clara, die eigentlich nie wirklich ans Heiraten gedacht hatte! – sich plötzlich sogar vorstellen konnte, Mutter zu werden.

Rilke wiederum war in äußerst verwirrter, ja beinahe verzweifelter Stimmung. Nicht nur, weil sein Doppelspiel gegenüber Paula zwangsläufig irgendwann auffliegen würde (dass Paula ihrerseits nicht ehrlich zu ihm war, ahnte er nicht; wie viele notorische Schwindler konnte er sich gar nicht vorstellen, dass man ausgerechnet ihn betrog). Doch noch nie hatte er sich zu zwei Frauen gleichermaßen hingezogen gefühlt, die einerseits ganz unterschiedliche Facetten seiner Persönlichkeit ansprachen, sich aber andererseits so ähnlich waren, dass er nicht selten in Gefahr geriet, ihre Namen zu verwechseln.

Dazu kam ein Ereignis kurz nach dem überstürzten Heiratsantrag an Paula (typischerweise grübelte er ewig über die Frage, ob er ihre Ablehnung nun ehrlich bedauerte oder doch klammheimlich eher erleichtert darüber war).

Rilke und Clara stießen irgendwie aufeinander und verabredeten sich daraufhin am frühen Abend in seinem Giebelzimmerchen im Barkenhoff. Alle anderen waren ausgeflogen, auch die Gastgeber, und Rilke las Clara in ungestörter Stille einige Gedichte vor. Ab und zu streifte sein Blick ihr Gesicht, und wieder fühlte er diese seltsame Anziehung, beinahe etwas Animalisches, dachte er. Es wurde später und später, und schließlich erklärte Clara, nun allein nach Hause gehen zu müssen, weil ihr Fahrrad kaputt war, was Rilke jedoch nicht dulden konnte, also begleitete er sie zu Fuß nach Westerwede.

Vor der Tür stellte Clara fest, dass sie ihren Schlüssel nicht dabeihatte.

»Verdammt«, sagte sie und wühlte in ihrem Beutel.

Rilke stand hinter ihr in der Dunkelheit, sie spürte ihn, ohne ihn zu sehen.

»Er ist einfach nicht da.«

»Vielleicht liegt er in meinem Zimmer.«

»Ja, aber … Ich verstehe das nicht. Ich vergesse nie meinen Schlüssel, und was sollte er auch in deinem Zimmer …«

»Ganz ruhig, Clara.«

»Ich hasse das!«

So ging das ein paar Minuten, und schließlich fand Clara einen ihrer Bildhauerhammer unter der Türschwelle, wo er nichts zu suchen hatte, aber immerhin nützlich war. Sie vollführte ein paar gezielte und kraftvolle Schläge auf das Türschloss. Beim letzten Hieb sprang die Tür auf, doch leider wurde dabei auch Claras linker Daumen getroffen.

Der Schmerz machte sie beinahe schwindelig, und sie hockte sich auf die Schwelle.

Erst der Fuß, dann die Hand, dachte sie, während sie ihren blutenden Zeigefinger in den Mund nahm – eine Geste, die etwas in Rilke in Bewegung setzte. Er setzte sich neben sie, nahm ihren Finger und drückte seine vollen Lippen darauf, schmeckte den rostigen Geschmack des Blutes.

Im nächsten Moment standen beide auf, bewegten sich irgendwie ins Haus, und dort presste er ihren kräftigen, doch so herrlich beweglichen und nachgiebigen Körper an die Wand neben einer unvollendeten Skulptur aus Ton, die Clara mit einem Tuch bedeckt hatte, um sie feucht und geschmeidig zu halten.

»Ich will dich«, sagte er und konnte es kaum glauben, aber es stimmte in einem Maße, das er von sich überhaupt nicht kannte; weder Lou noch Paula hatte er je dermaßen begehrt, und dabei war Clara nicht einmal seine Traumfrau. Nie gewesen, bei Weitem nicht, und das erkannte er, während es fast zum Äußersten gekommen wäre.

Er zog sich kurz zurück.

Sie war es nicht, er konnte das nicht tun.

Aber sein Körper war anderer Meinung.

»Lass«, sagte auch Clara atemlos, doch sie tat nichts, um ihn tatsächlich zurückzuhalten, im Gegenteil, und dann war es ohnehin schon zu spät, er spürte ihre kleinen, festen Brüste unter den breiten, kraftvollen Schultern und glitt in sie und explodierte in derselben Sekunde so heftig, dass er in eine kurze Ohnmacht fiel.

»Rainer«, flüsterte Carla, und er fuhr erschrocken hoch. Der Morgen dämmerte, und er fand sich auf ihrem Sofa wieder unter einer kratzigen Wolldecke.

»Geht es dir gut?«

Rilke konnte nicht antworten.

Er verabschiedete sich rasch und voller Scham – nicht einmal Trunkenheit konnte er als Entschuldigung für diese Entgleisung anführen, wo er doch völlig abstinent lebte. Als er am Barkenhoff ankam, war es bereits hell. Er schloss leise auf und schlich sich in sein Dachzimmer, erleichtert, niemanden zu treffen.

Als er endlich die Tür hinter sich schloss, warf er

seine Kleidung von sich und kroch nur in Unterkleidern unter die Bettdecke, die er über sich zog wie ein unartiges Kleinkind, das sich vor den erzürnten Eltern versteckte.

Sofort schlief er ein, und als er spät am Tag erwachte, erschien ihm alles wie ein Traum, doch nichtsdestotrotz erwachte das Begehren erneut – er musste nur an Clara denken, schon überfiel es ihn –, und gleichzeitig war da eine tiefe Traurigkeit, die die Liebe zu Paula beinhaltete, derer er vielleicht nicht wert war.

So verging der Tag für Rilke in großer innerer Unruhe. Abends gesellte er sich zu den anderen im Barkenhoff – wieder einmal eine erschöpfend große Plapperrunde! – und versuchte, sich von beiden Frauen fernzuhalten und sich ausnahmsweise auf das Gespräch zu konzentrieren, ja sich sogar zu beteiligen.

»Wir sollten nach Hamburg fahren und in die Oper gehen«, sagte Heinrich im Tonfall einer Ankündigung. Er wusste nicht genau, wo diese Idee herkam, aber seit dem Vorfall mit Marleen und dem Pastor glaubte er, es nicht länger in Worpswede auszuhalten. Er brauchte eine Pause.

»In welches Stück denn?«, fragte sein Bruder erstaunt.

»Nun, irgendetwas wird man schon geben, Hamburg ist schließlich eine Großstadt!«, antwortete Heinrich ungeduldig. »Hauptsache … Ich glaube, wir brauchen alle etwas Tapetenwechsel. Nur ein oder zwei Nächte in anderer Umgebung, das wird uns …«

»Was?«, fragte Martha stirnrunzelnd. Heinrichs Augen gefielen ihr nicht; der Blick war schon wieder so seltsam nach innen gerichtet.

»Mut«, sagte Heinrich. »Wir brauchen hier alle etwas mehr Mut zu Neuem. Und Freude«, fügte er hinzu. »Der Winter kommt und mit ihm das Grau. Wir müssen uns wappnen. Versteht ihr?«

»Ich würde gerne mitkommen«, sagte Rilke, dem jede Ablenkung recht war.

Ein paar Sekunden lang war es sehr still, und dann stellte sich heraus, dass alle Lust hatten, nach Hamburg zu fahren und dort irgendeine Opernaufführung zu besuchen, also wurden mehrere Kutschen für den nächsten Tag bestellt. Der Rest des Abends verlief sehr munter. Rilke las aus seinem gerade begonnenen Drama *Das tägliche Leben* vor. Soviel das Publikum mitbekam, handelte es zunächst von einem Maler namens Georg in einer Schaffenskrise, der von einem ehemaligen Modell besucht wurde und ihm gestand, dass er eigentlich gar nicht mehr malte, sondern bis mittags schlief, um das ganze von ihm ungenutzte Licht nicht zu sehen, die darin liegende Aufforderung nicht wahrzunehmen. »Vielleicht, vielleicht, Pläne habe ich ja, die ganze Zeit hindurch … Aber es stört einer den anderen … Vorige Woche einmal, an einem Regentag gegen Abend, wurde es plötzlich golden, märchenhaft golden nach einem Regentag. Der Boden warm … schwer … Hintergrund. Und davor die Dinge … glänzend, mit klaren Konturen, so einfach, so rührend einfach.«

Er hob den Kopf und sah in die Runde.

»Es ist natürlich noch nicht viel«, sagte er schüchtern.

»Aber das wenige ist schon ganz wunderbar«, sagte Paula, und alle anderen raunten begeisterte Zustimmung. »Du schreibst, wie ein Maler die Welt sieht.«

»Geht es auch um Liebe?«, fragte ihre Schwester, die muntere, freche, unbeschwerte Milly.

Rilke lächelte ein wenig melancholisch, eher als wollte er weinen. »Nun ja«, sagte er. »Geht es nicht immer um Liebe?«

»Ich weiß nicht. Ist das so? So viele Theaterstücke drehen sich zum Beispiel nur um den Krieg. Wie langweilig!«

»Also, dann kann ich Sie beruhigen, Milly. Es geht auch und vor allem um die Liebe. Georg wird Helen treffen, sie werden Gefühle füreinander entwickeln, jedoch …«

»Natürlich gibt es ein Jedoch«, mischte sich Martha ein. »Ohne geht es einfach nicht, nicht wahr?«

Rilke nickte ihr zu, ohne auf die Spitze einzugehen. »Georg und Helen lieben sich wirklich tief und innig, befürchten allerdings, dass ihre Leidenschaft im Alltag nachlassen wird, was dazu führen könnte …«

»… es gar nicht erst miteinander zu versuchen, nur wegen dieses eingebildeten Risikos?«

»Nun …«

»Wie feige!«

»Martha!«, mahnte Heinrich müde.

Bahnte sich etwa schon wieder eine Auseinandersetzung an? Der anvisierte Tapetenwechsel, erkannte er, war wirklich nötig, und es war höchste Zeit dafür! Doch bevor die Diskussion an Schärfe gewinnen konnte, hatte Paula bereits das Grammofon angestellt. Es wurde getanzt, und Rilke zog sich, wie es seine Gewohnheit war, sobald es zu laut und ausgelassen wurde, in sein Zimmer zurück.

26

Am nächsten Morgen trafen sich alle Beteiligten um neun Uhr morgens mit großem Hallo vor dem Barkenhoff, denn Heinrichs offene gelbe Kutsche mit den gepolsterten Sitzen aus rotem Samt war über und über mit Levkojen und Sonnenblumen geschmückt, was in der Morgensonne unglaublich hübsch aussah. Alle hatten sich im Rahmen ihrer Möglichkeiten so schick gemacht, wie es sich für einen Besuch in der Großstadt gehörte. Paula trug ein hochgeschlossenes hellblaues Kleid mit Spitzenkragen und einen mit Rosen besetzten schwarzen Strohhut, den sie sich in Paris gekauft hatte, ihre Schwester Milly war ganz in zartes Rosé gewandet. Selbst Rilke hatte sich diesmal nicht von russischer Bauernmode inspirieren lassen, sondern trug einen recht normalen, ja beinahe eleganten dunklen Gesellschaftsanzug und darunter ein weißes Hemd mit Vatermörderkragen, was ihm beides gut zu Gesicht stand.

Paula wollte ihm das zu verstehen geben, doch kam sie nicht recht an ihn heran; irgendwie stand immer jemand zwischen ihnen, oder Rilke war gerade mit jemand anderem im Gespräch, und da kam auch schon Otto mit Heinrich und dessen Bruder Franz heraus. Otto suchte sofort Paulas Nähe, er drückte sogar heimlich kurz ihre Hand, und sie ließ es sich gefallen, denn er war ja nun tatsächlich ihr Verlobter, wenn auch noch nicht offiziell.

Inzwischen war auch der Ablaufplan klar, den Heinrich sogleich verkünden wollte. Sie würden nämlich keine Oper besuchen, sondern die Premiere von Carl Hauptmanns Drama *Ephraims Breite*, die – welch ein glückliches Zusammentreffen! – ausgerechnet heute stattfand, und das traf sich insofern ganz besonders gut, weil Hauptmann ein ausgesprochen häufiger Besucher in Worpswede war und ihnen bereits einige Passagen aus dem Stück vorgelesen hatte. »*Ihr verachtet mich*«, deklamierte Milly, die ein phänomenales Gedächtnis für Texte hatte. »*So verachtet mich doch! Schließlich – so oder so – was liegt am Ganzen. Ich werde gewiss nicht mehr lästig fallen. Hass wider Hass. Ich finde meine Wege.*«

Rilke applaudierte freundlich, als der livrierte Kutscher erschien und die Herrschaften zum Einsteigen aufforderte. Wie es der Zufall wollte, saßen sich Rilke und Paula direkt gegenüber, und Rilke war wieder einmal gefangen von ihren freundlichen, warmen Augen, in denen sich, so schien es ihm, die gesamte sie umgebende Landschaft spiegelte, weshalb (dachte er und hatte vor, es demnächst zu notieren) man gar nicht mehr nach draußen schauen musste, denn in ihren Augen war bereits alles enthalten, was es zu sehen gab, und …

Bevor er diese Idee zu Ende spinnen konnte, entdeckte Rilke, der entgegen der Fahrtrichtung saß, eine kleine Gestalt auf einem Fahrrad, die sich inmitten einer beigefarbenen Staubwolke rasch näherte. Er beugte sich nach vorn, und Paula, die seinem Blick folgte, drehte sich um.

»Das ist Clara!«, rief sie erstaunt.

»Aber Clara ist in Bremen«, sagte Otto neben ihr.

»Offenbar nicht. Sieh doch!«

Tatsächlich war vereinbart gewesen, Clara erst in Bremen am Bahnhof zu treffen, weil sie vorher ihre Eltern besuchen wollte.

»Clara?«, fragte Rilke, und in seiner Stimme lag etwas, das Paula irritierte.

Sie schob es weg.

»Fahren Sie langsamer!«, rief sie dem Kutscher zu, und der zügelte gehorsam die Pferde und drosselte die Geschwindigkeit. Clara kam näher und näher, und jetzt sah man auch, wie sie sich anstrengte, das Tempo zu halten. Sie trat wie eine Wilde in die Pedale, ihr Gesicht war schweißgebadet, und ihr Ausdruck fast ein wenig irr.

»Ich dachte, dein Fahrrad ist kaputt?«, rief Paula ihr zu, doch darauf antwortete Clara nicht, vielleicht weil sie völlig außer Atem war, vielleicht auch aus einem anderen Grund. Über dem Lenker hing ein schon leicht ramponierter Heidekranz, der eigentlich für Hauptmann als Geschenk der Worpsweder nach der Premiere gedacht war. Doch als Clara auf gleicher Höhe mit der Kutsche war, reichte sie mit einer Hand Rilke den Kranz (ja, eindeutig war Rilke der Adressat, und in diesem Moment verstand Paula so einiges, vor allem, als sie Rilkes nun gar nicht mehr melancholisches, sondern geradezu glückliches Lächeln sah).

»Für gestern«, rief Clara ihm zu (was man natürlich auf Rilkes Lesung gestern schieben konnte – man flocht nicht nur Hauptmann, sondern auch diesem Dichter einen Kranz –, aber andere Interpretationen boten sich eben genauso an), und dann schnalzte der

Kutscher, die Pferde legten sich ins Geschirr, Clara fiel zurück, wurde wieder ganz klein auf der Chaussee, und Paula dachte, dass alles gut so war, wie es war. Es bohrte ein wenig in ihr; sie musste an Rilkes Stück denken, die mögliche Weisheit, die darin lag zu erkennen, dass man niemals vollkommen glücklich mit dem sein konnte, was einem in den Schoß gelegt wurde, dass es immer einen Rest Unzufriedenheit geben musste und man vielleicht besser damit zurechtkam, wenn man dieses Gefühl nicht so grämlich benannte, sondern ihm einen anderen, charmanteren Namen gab.

Sehnsucht, zum Beispiel.

Er wird immer die Sehnsucht der wahren Liebe vorziehen, er kann nicht anders, dachte sie.

Also war sie doch viel besser dran mit einem Otto, der die Realität einem Traum vorzog.

Oder?

Jedenfalls konnte sie persönlich die Sehnsucht nicht länger ertragen, es tat einfach so weh, wenn die Enttäuschung stets auf dem Fuß folgte, und genau das war es, was ihr Leben lange Zeit so unerträglich gemacht hatte.

Die Enttäuschung.

Die Erkenntnis.

Die Bitterkeit.

Bestimmte Höhen würde sie nicht erreichen, der Gipfel blieb vielleicht auch in Zukunft eine Fata Morgana, die sich immer nur in kurzen Momenten nahbar zeigte und dann wieder ganz weit weg war wie ein Traum, aus dem man erwachte und der sich in dem Moment verflüchtigte, da man ihn festhalten wollte.

Sie berührte Ottos Hand ganz leicht, und Otto wandte sich ihr zu und lächelte.

»Wir sind gleich am Bahnhof«, sagte Paula, als ob das wichtig wäre. Aber sie hatte jetzt das Bedürfnis zu reden, ihre Erleichterung kundzutun, dass alles so war, wie es war. Nämlich sie demnächst eine verheiratete Frau ohne Geldsorgen, jedoch gesegnet mit einem Ehemann, der sogar ihre Kunst wirklich achtete. Was für ein Glück!

»Wir sind da«, rief der Kutscher und hielt auf dem Vorplatz des Bahnhofs neben zahlreichen anderen Gefährten. Paula ließ sich von Rilke herunterhelfen und sah ihn dabei so intensiv an, dass ihm ganz schwindelig wurde, natürlich ohne zu ahnen, dass dieser Blick eine Art Abschied sein sollte.

Paulas erster Eindruck von Hamburg war ähnlich wie die letzten Male in Paris. Sie fuhren in den Hauptbahnhof ein, und plötzlich waren sie wie auf einem anderen Planeten – einem sehr lauten Planeten mit munteren bis gehetzten Stimmen, die alle durcheinanderzurufen schienen. Dazu das Zischen der Lokomotive eines abfahrenden Zuges, das metallische Quietschen der Räder, der Dampf, der für ein paar Sekunden alles in einen dichten, übel riechenden Nebel tauchte, das dumpfe, durchdringende Heulen des Signalhorns.

Auf ihrem Gleis wuchteten derweil livrierte Träger Schrankkoffer aus dickem Leder aus den Waggons, kleine zerlumpte Kinder, die einem überall zwischen den Beinen herumwuselten, bettelten um Brot und Süßigkeiten, und man kam in der drangvollen Enge kaum einen Meter voran, ohne angerempelt zu werden. Direkt vor ihr stieg eine Dame aus der ersten Klasse, angetan mit einem Kleid aus schimmerndem violettem Samt und einem Pelzkrägelchen um den weißen Hals. Kaum war sie mit ihren schmalen Schuhen auf dem Asphalt gelandet, schrie sie ihren Diener zusammen, der sich noch im Abteil befand, einen sehr jungen Mann, offenbar völlig überfordert mit ihrem umfangreichen Gepäck. Der Gatte der ebenso attraktiven wie unsympathischen Dame stieg nun hinter ihr aus dem Abteil, ein wesentlich betagterer, gebrechlicher, grauhaariger Grandseigneur. Ein weiterer Diener in seinem Alter half ihm die wacklige Metalltreppe herunter und reichte ihm seinen silbern beschlagenen Mahagonistock mit dem Knauf aus Elfenbein, während die Ehefrau gar nicht daran dachte, auf ihren Mann zu warten, sondern sich bereits fast am Anfang des Perrons befand, umringt von kichernden Schwestern oder Freundinnen und einigen Kammerzofen.

»Wie unangenehm«, sagte Otto, der die Szenerie ebenfalls beobachtet hatte, und nahm Paulas Arm, um sie durch dieses Chaos zu geleiten, aber Paula mochte sich gerade gar nicht anfassen lassen, so sehr genoss sie die Luft der Großstadt, den Trubel um sie herum.

»Ist das nicht herrlich?«, fragte sie Otto, als sie ihm sanft den Arm entzog, und wusste, dass sie ihn damit irritierte – sowohl mit der Äußerung als auch mit der Geste –, aber etwas in ihr sträubte sich angesichts des vorgezeichneten Wegs, den sie dabei war zu beschreiten …

Sie fühlte sich plötzlich sehr jung, fast wie ein Mädchen, das noch alles vor sich hatte.

»Bitte?«, fragte Otto, gar nicht gekränkt, sondern ehrlich verblüfft. War es nicht Paula gewesen, die immer wieder von der magischen Stille der Natur geschwärmt hatte und ein ums andere Mal erklärt hatte, der Großstadt mit ihrem Lärm und ihrem Dreck abgeschworen zu haben?

»Stört dich dieses furchtbare Durcheinander denn gar nicht?«

»Es ist zumindest eine Abwechslung.«

»Du meinst, eine Abwechslung von der Langeweile auf dem Land?«

»Otto. Das habe ich nie gesagt.«

»Aber das wolltest du sagen. Sei ehrlich!«

Paula antwortete nicht, sondern bedachte ihn mit einem zärtlichen Blick.

Er konnte schließlich nichts für ihre Launenhaftigkeit.

Sie allerdings auch nicht.

27

Sie trafen Hauptmann im Café de l'Europe, das sich im gleichnamigen Hotel am Alsterdamm befand. Das Café selbst wurde vom Worpsweder Reisegrüppchen einmütig bezaubernd gefunden. Der mindestens acht Meter hohe, lichte Raum war von schlanken, kunstvoll gedrechselten Säulen unterteilt. Dazwischen standen runde, mit Damast und blau-weißem Meissener Porzellan eingedeckte Tische. Durch riesige, mit Sprossen unterteilte Fensterfronten in den Rundbögen des Gebäudes genoss man die Aussicht auf die Alster, auf der reger Schiffsverkehr herrschte. Wimpelgeschmückte Ausflugsdampfer bahnten sich mit heiserem Tuten ihren Weg durch die zahlreichen Ruderboote unterschiedlicher Größe. Die Gäste waren, wie es dem Namen des Hotels gebührte, international; ein fröhliches, doch gedämpftes Stimmengewirr aus Englisch, Französisch, Italienisch und Deutsch empfing die Gäste, und selbst Otto, immer noch gequält von der Geräuschkulisse auf dem Bahnhof und Paulas seltsam abweisender Art, fühlte sich besänftigt von der lebhaften, entspannten Atmosphäre eines Luxushotels der höchsten Kategorie.

Carl Hauptmann war vermutlich der Einzige, der dem Treiben um ihn herum überhaupt keine Beachtung schenkte. Durch die Heirat mit der Tochter eines reichen Dresdner Wollgroßhändlers war er nicht nur luxuriöse Umgebungen gewohnt, er machte sich mittlerweile auch nicht mehr viel daraus. Mehr noch: Immer häufiger hasste er den oberflächlichen Chic reicher Leute. Wie übrigens so vieles andere auch, Dummheit, zum Beispiel, oder Heuchelei. Sein schmales Gesicht hätte man als gut aussehend bezeichnen können – trotz der recht prominenten Warzen links und rechts neben den tiefen Magenfalten um seine Mundwinkel –, wenn es nicht immer wieder einmal Anfälle von extremem Missmut entstellt hätten. Er neigte zu gelegentlichen cholerischen Ausbrüchen, weswegen er sich auch in gewissen Abständen mit seiner Frau zerstritt, die unter anderem deshalb an diesem wichtigen Tag auch nicht zugegen war.

Heute war er besonders nervös, wie er Paula anvertraute, mit der er sich schon in Worpswede stets gut verstanden hatte, weil sie weder dumm noch oberflächlich war und man darüber hinaus gar nicht anders konnte, als ihr zu vertrauen wie einer Schwester. Er beugte sich vor und sprach leise auf sie ein, während Paula sich ein wenig zurücklehnte (leider litt Carl unter beträchtlichem Mundgeruch) und ihn beruhigte, so gut sie konnte, ihn an die Passagen erinnerte, die er in Worpswede vorgelesen hatte, und beteuerte, wie beeindruckt alle Anwesenden gewesen seien von der kraftvoll-naturalistischen schlesisch-bäurischen Szenerie, die noch verstärkt wurde durch die zahlreichen Dialektpassagen.

»Das ist so neu und mutig«, sagte sie zu ihm.

»Wirklich?« Es klang beinahe ängstlich.

»O ja! Ich finde es wunderbar, wenn Künstler etwas wagen, und Sie tun das. Sie werden sehen, es wird ein Erfolg.«

»Ihr Lob bedeutet mir viel. Auch ich sehe Sie als Künstlerin, die sich eine Menge traut, und auch wenn ich nicht mit allem einverstanden bin, so erkenne ich doch Ambition, wenn ich auf sie treffe.«

»Nun ja, Ambition allein reicht natürlich nicht aus.«

»Bitte?«

»War es nicht genau das, was Sie mir sagen wollten, lieber Carl?«

»Ganz und gar nicht! Für eine Frau haben Sie doch schon eine Menge erreicht!«

Paula, weit entfernt davon, sich von dieser Einschränkung beleidigt zu fühlen, antwortete: »Das ist ganz reizend von Ihnen, aber eigentlich habe ich überhaupt nichts erreicht. Meine Art, Menschen und Natur zu sehen und auf die Leinwand zu bringen, gewinnt kein Publikum, jedenfalls nicht in diesem Land.«

»Aber …«

»Aber ich gebe nicht auf.«

»Vielleicht leben Sie einfach zu früh«, sagte Hauptmann nachdenklich.

»Zu früh?«

»Vielleicht gibt die Zukunft Ihnen recht. Dann müssten Sie nur etwas Geduld haben.«

»Oh, das ist nicht gerade meine hervorstechendste Eigenschaft, ich möchte eigentlich immer gern alles, und zwar sofort. Abgesehen davon könnte die künstlerische Karriere zu lange dauern, und dann bliebe mir nur noch die posthume Anerkennung …«

»Auch keine reizlose Idee!«

»Na, darauf könnte ich gerade verzichten! Was habe ich vom Ruhm, wenn ich tot bin!«

»Wie unbescheiden, liebe Paula! Denken Sie nur an

die Kunststudenten und Kritiker, die den theoretischen Überbau zu Ihrer Malerei schaffen würden. Ist diese Vorstellung nicht ungemein befriedigend? Sie würden Menschen Arbeit geben, es würden Professorenstellen für Sie eingerichtet, Magisterarbeiten über Sie geschrieben …«

Sie lachten beide. Paula mochte Hauptmanns Humor, seinen immer paraten Zynismus. Sie legte ihre Hand auf seine und wandte sich ab (der Mundgeruch wurde zu schlimm, gab es denn gar kein Mittel dagegen?), dann rettete sie glücklicherweise Otto, der ihr nach eingehendem Studium der Speisekarte zu einem Tafelspitz riet, weshalb sie sich abwenden konnte, ohne unhöflich zu sein.

Abends war das Grüppchen bereits vor der Aufführung erschöpft. Es hatte so viel zu sehen gegeben – unter anderem die private Kunstsammlung eines Bankiers mit zwei Bildern von Böcklin, die sie besonders beeindruckten.

Die Premiere des Stücks *Ephraims Breite* war ein Erfolg, wenn auch kein überragender, keiner der Hauptmann in den Olymp der großen Dichter und Dramatiker katapultieren würde, aber damit hatte ohnehin niemand wirklich gerechnet. Ein Dialektstück aus dem Schlesischen! Da konnte man viel Achtung erwarten, aber keine überschäumende Begeisterung, weder vom Publikum noch von den Kritikern.

Doch Carl Hauptmann ließ es sich nicht verdrießen, genoss den freundlichen Applaus und freute sich sehr über den Heidekranz, den Rilke ihm anschließend feierlich überreichte als Zeichen der Liebe und Wertschätzung, wie er unter dem Beifall der Anwesenden sagte, als sie hinter der Bühne auf auf den Autor anstießen.

Die nächsten Tage besichtigten die Worpsweder noch mehr von der Stadt, in der Schönheit und Hässlichkeit, Armut und Reichtum an manchen Stellen schier aufeinanderzuprallen schienen (ein Reiseführer, den Heinrich engagiert hatte, machte sie denn auch darauf aufmerksam, dass die letzte große Choleraepidemie gerade einmal acht Jahre zurücklag und natürlich vor allem unter den Ärmsten der Armen gewütet hatte).

Rilke hatte extra für diese Unternehmungen jedem Worpsweder eine Rose gekauft, damit sie einander nicht aus den Augen verloren – eine dieser Gesten, die nicht nur Paula, sondern auch Clara für ihn einnahm und Paula zum hundertsten Mal mit der Frage konfrontierte, ob ein Mann wie Otto der Richtige für sie war, schon weil Otto niemals auf so eine reizende Idee gekommen wäre.

Am Abend des dritten Tages schlenderte sie mit Clara die ausgedehnte Promenade des Jungfernstiegs entlang. Ein großes Abendessen im Kempinski sollte der krönende Abschluss ihrer Hamburgreise werden, doch vorher wollten die beiden Freundinnen noch einmal die Atmosphäre der Stadt genießen. Clara und Paula gingen untergehakt am Wasser entlang und genossen die bewundernden Blicke, die ihnen gut aussehende »Gentlemen«, wie man hier sagte, unter ihren Zylindern zuwarfen.

»Ich werde vielleicht heiraten«, sagte Paula zögernd, als sie auf einer Bank Platz nahm, die sich unter einer der ausladend-kunstvollen schmiedeeisernen Straßenlaternen befand. Sie hörte das Bimmeln der Tram, sah den Ein- und Aussteigenden zu und wartete auf Claras Reaktion.

Clara setzte sich neben sie und sagte gar nichts, denn da in diesem Moment ein Pferd scheute und der Reiter alle Mühe hatte, sein schnaubendes Tier wieder unter Kontrolle zu bekommen, hatte sie kein Wort von Paulas Geständnis verstanden.

»Bitte?«, fragte sie daher.

»O mein Gott!«, sagte Paula und seufzte. Die Tram setzte sich knirschend in Bewegung, eine Frau eilte über die Straße und hielt dabei ihren Hut fest, den eine überdimensionale Feder zierte.

»Was ist?«, fragte Clara und nahm fürsorglich Paulas Hand, in der Annahme, es sei etwas Unangenehmes passiert.

Paula holte tief Luft. »Ich werde heiraten«, sagte sie, und es war, als hätte sie etwas Bitteres im Mund.

»Oh.« Bildete sich Paula das nur ein, oder wurde Clara tatsächlich blass?

»Wen?«, fragte Clara nach einer Schweigesekunde. Ihre Stimme klang verwirrt und – ja – sogar eine Spur verängstigt.

»Nun … Otto natürlich«, antwortete Paula erstaunt.

»Otto?«

»Modersohn, Clara! Welchen Otto kennst du denn sonst noch?«

»Wirklich? Wirklich??? Paula, das ist ja … Das ist so wundervoll!«

»Findest du?«

»Aber natürlich!« Clara lachte wie befreit auf. »Wir haben doch alle darauf gewartet! Endlich!«

»Schön, dass du dich so freust.«

»Du etwa nicht?«

»Doch, sicher.«

»Sicher? Du hörst dich so …«

»Es löst so viele meiner Probleme, wenn nicht sogar alle.« Und obwohl das stimmte, bereute sie in dieser Sekunde, sich Clara anvertraut zu haben, fühlte sie sich, als hätte sie sich selbst in einem Käfig eingesperrt und den Schlüssel weggeworfen, hätte sie am liebsten geweint, vor allem, als Clara sie vor allen Leuten in den Arm nahm, was sich in der Öffentlichkeit nicht schickte, aber einfach herzerwärmend war, eben weil sich die herrliche Clara um solche Konventionen nicht scherte.

Und dann musste sie zu Claras Bestürzung doch weinen.

»Paula!«

»Nichts. Es geht gleich wieder.«

»Meine Liebste. Es ist doch alles in Ordnung, oder nicht?«

»O ja. Ja.«

»Bist du denn nicht überglücklich? Otto war der Mann, den du immer wolltest, das stimmt doch, oder? Oder?«

Die Versuchung war übermächtig, Clara von Rilkes Antrag zu berichten und auch von allem anderen, was sie in Bezug auf Otto beschäftigte, aber hier, vor den fremden Passanten, ging das einfach nicht.

»Entschuldige bitte«, sagte sie stattdessen und suchte nach einem Taschentuch.

»Du musst dich doch nicht entschuldigen!«, rief die Freundin. »Du kannst mir alles sagen!«

»Nein, ich … Weißt du, ich habe so viel Glück, Clara. Otto liebt und versteht mich und das, was mich ausmacht, was und wohin ich will. Das ist so unglaublich, da verliert man schon mal die Fassung.«

»Natürlich, Liebste! Das verstehe ich.«

»Ich glaube, es wird Zeit zu gehen. Die anderen warten bestimmt schon auf uns.«

»Gleich«, sagte Clara und hielt sie zurück.

Sie strahlte jetzt, wirkte dabei fast verlegen, und wenn Paula sich nicht irrte, war sie sogar ein bisschen rot geworden.

Paula setzte sich wieder hin.

»Was?«, fragte sie, aber sie ahnte es eigentlich schon, und die Eifersucht überfiel sie mit einer Macht, dass es ihr schwerfiel, ihre Gesichtszüge unter Kontrolle zu halten.

»Weißt du«, begann Clara. Diese hektische Fahrt auf dem Rad hinter der Kutsche her! Der zerrupfte Heidekranz, den sie Rilke überreichte wie eine Art Hostie! Die kryptische Äußerung dazu! Die Tatsache, dass Clara in den letzten Tagen so viel weicher und hübscher wirkte! … Es war plötzlich alles so klar, und nein, Paula wollte es nicht hören, aber Clara war schon mittendrin und nicht mehr aufzuhalten …

»Ich glaube, ich bin in Rilke verliebt.«

»Ach.« Dieses würgende Gefühl im Hals, als würde sie nie wieder ein Wort sprechen können.

»Und ich hoffe, hoffe, hoffe … er auch in mich.«

Paula hustete. Sie *musste* jetzt etwas sagen. »Das ist … Das wäre fantastisch. Wirklich großartig.«

»Ja. Ja!«

»Und jetzt … lass uns zu den anderen gehen.«

»Warte noch. Einen Moment, Paula.«

»Was denn doch?«

»Ich weiß, ihr hattet auch einen … Flirt …«

In diesem Moment schien alles zu erstarren wie auf einer dieser Fotografien. Die Menschen hielten mitten in der Bewegung inne, die Bäume wurden zu Stein, die Blätter verharrten in der Erwartung eines neuen Windstoßes, die Farben verschwanden in körnigem Schwarz-Weiß.

Stille.

Kälte.

Und dann: atmen. Einfach weiteratmen, weiterleben, der Zeit ihren Lauf lassen. In dem Wissen, dass alles richtig war, wie es war: die kühle Herbstluft, die klaren Farben, das fallende Laub, das Wasser, das an die Uferpromenade plätscherte.

Otto.

Und sie.

Alles richtig.

Paula lächelte in die fahle Sonne. »Ich bitte dich, Liebste. Das war doch ohne jede Bedeutung. Rainer passt viel, viel besser zu dir.«

»Ich danke dir! Ich danke dir so sehr, dass du dich mit mir freust und hoffst!«

Verwundert sahen die Passanten die beiden jungen Frauen an, die sich schon wieder innigst in den Armen lagen. Und schließlich eng umschlungen Richtung Hotel Kempinski gingen, wo sie ein köstliches Diner erwartete.

Und danach die Rückkehr in ihre selbst gewählte Heimat.

So sollte es sein.

Epilog

Der Himmel war von weichem Grau mit wenigen hellen Spalten und Sprüngen, von denen überhellt das Land nach allen Seiten hin tief und weit war. Wie biblische Landschaften waren die Fernen mit Bergen, Baumgruppen und Wasserläufen … Einfach in der Kontur, nicht irgendeine Gegend, einfach: die Erde. Die Erde, in welche die Völker sind zerstreut worden wie Staub im Sturm. Die Erde, die dem Menschen zu groß ist, die unter seinem Wandern in die Himmel wächst und über Tage und Nächte hinaus und jenseits der Meere immer wieder beginnt und wächst, diese biblische fremde Erde, die Erde, die Gott noch in der Hand hält und die deshalb ohne Anfang und Absehen ist.

(Rainer Maria Rilke: Briefe und Tagebücher aus der Frühzeit. 1899 bis 1902. 1931, Insel-Verlag, Leipzig, S. 282)

Otto hatte recht gehabt: Worpswede konnte Rilke nicht halten; fast unmittelbar nachdem er von Ottos und Paulas Verlobung erfuhr, verließ er den Ort und die »biblische fremde Erde, die Gott noch in der Hand hält« und die ihm doch angeblich so lieb und kostbar war.

Clara befürchtete daraufhin, dass es doch nicht sie war, der er sein Herz geschenkt hatte, sondern Paula, und Paula – mittlerweile völlig frei von der Illusion Rilke und mit sich und Otto im Reinen – musste ihr gut zureden, damit die Freundin nicht völlig den Mut verlor. Denn Rilke hielt zwar den Kontakt, schickte poetische, ja sogar leidenschaftliche Briefe, von denen man allerdings nur die Hälfte verstand, von klaren Äußerungen zu einer gemeinsamen Zukunft ganz zu schweigen. Und so verbrachten die beiden Freundinnen bei kalten Herbststürmen viele Abende miteinander, rätselten wie Backfische über Rilkes wahre Gefühle und schwelgten in Erinnerungen an den Sommer, der so viel für sie beide verändert hatte.

»Weißt du noch …« So begannen viele ihrer Gespräche.

»Weißt du noch, wie wir die Glocke in der Zionskirche geläutet haben und das ganze Dorf zusammengelaufen ist?«

»Weil die Feuerwehr dachte, das sei ihr Signal zum Ausrücken? O ja! Wie sie da standen und nach Rauch und Flammen fahndeten, und dann kamen wir beide aus der Kirche heraus wie die armen Sünderinnen …«

»Und dann mussten wir zur Strafe Putten bildhauern und Blumendekorationen malen …«

»Ohne Bezahlung! Eigentlich eine Frechheit. Die Kirche sieht viel hübscher aus als vorher!«

»Wir sollten eine nachträgliche Rechnung stellen!«

»Damit machten wir uns dann richtig beliebt im Ort!«

»Na und? Sie misstrauen uns Malweibern doch sowieso.«

»Du meinst, schlimmer kann unser Ruf nicht werden?«

»Ganz genau.«

Es war eines ihrer letzten gemeinsamen Treffen, diesmal in Paulas neuem Atelier, das sich neben Ottos Haus befand und das sie von einer Freundin namens Ottilie Reylaender übernommen hatte, die wiederum Paulas Atelier in Paris bewohnte. Paula war auf dem Sprung nach Berlin, wo sie auf Anweisung der Eltern eine Kochschule besuchen würde, um für ihren künftigen Ehemann eine gute Hausfrau abzugeben. Sie fand diese Idee zwar unsagbar dumm, doch es war die Bedingung ihres Vaters gewesen, der ansonsten sehr angetan von dem Bräutigam in spe gewesen war.

»Du hast es gut«, seufzte Clara nicht zum ersten Mal.

»Fang nicht wieder damit an, Schatz. Auch bei dir wird alles in Ordnung kommen, glaub mir! Und wenn es nicht Rilke sein soll, dann wird ein anderer kommen!«

»Ich will keinen anderen. Vielleicht will ich überhaupt niemanden. Vielleicht gehe ich ganz in der Kunst auf und bleibe allein.«

»Ach was!«

Paula erhob sich, denn sie war noch mit Otto zum Abendessen verabredet. Es würde ein schöner Abend werden. Sie würden sich – immerhin! – an den Händen halten, und Otto würde ihr tief in die Augen sehen, und dann würde sie aufstehen, Otto würde ihr einen Kuss auf die Stirn geben, und sie würde sich in ihr neues Atelier neben seinem Haus begeben, und …

»Paula?«

»Ja?«

»Du siehst traurig aus.«

»Nein. Nein, es geht mir gut.«

»Immerhin besser als mir. Du bist verlobt, du fährst nach Berlin …«

»Und du wirst nachkommen!«, rief Paula, nun ein wenig ungeduldig über eine im Selbstmitleid watende Clara, die sie so überhaupt nicht kannte. War es das, was die große Liebe mit Frauen machte? Dann war sie ja wirklich gar zu nichts nütze! Sie nahm Claras Gesicht in beide Hände. »Denk an das wunderschöne Gedicht über den Schwan, das dir Rilke geschickt hat«, sagte sie. Sie deklamierte: *»Und diese Stunde, da wir unbewegt und vieles wissend waren, hat leisen Keimes Kraft in uns gelegt. Und wenn es blühen wird, vielleicht nach Jahren …«*

»… komm ich gemeinsam zu dem schönen Tag …«

»Richtig! Das ist doch wundervoll!«

»Ach, Paula. Schöne Worte, ja, aber doch nichts dahinter. Das ist so typisch für ihn. Immer im Ungefähren bleiben, sich nie festlegen, weder auf Tag noch auf Stunde noch auf ein Gefühl und schon gar nicht auf die Liebe fürs Leben.«

»Du weißt doch, wie er ist, Clara. Du wirst ihn nicht ändern können.«

Carla legte ihren Kopf an Paulas Schulter. »Ich werde dich so vermissen! Ohne dich ist Worpswede nicht das, was es sein soll.«

»Ich komme ja wieder, aber erst nachdem du in Berlin warst und alles mit Rilke geklärt ist.«

»Besuchst du ihn dort?«

»Natürlich! Und du wirst Thema Nummer eins sein,

das verspreche ich dir. Wäre doch gelacht, wenn wir nicht so etwas wie eine Doppelhochzeit hinbekommen würden!«

Am nächsten Tag reiste Paula ab. Einen Monat später kam Clara nach. Nachdem die Kochschule zur Zufriedenheit von Paulas Lehrerinnen abgeschlossen war (eine perfekte Hausfrau, darüber waren sich alle einig, würde sie zwar nie werden, doch Gerichte wie Pellkartoffeln, Falscher Hase, Putenbraten oder Kalbsfrikassee gelangen ihr mittlerweile recht gut), besuchten die Freundinnen Kunstausstellungen und sprachen in schicken Literatencafés über Gott, die Welt, die Literatur, das Theater, die Malerei. Sie gingen ins Museum, ins Theater und zum Tanzen.

Und häufig war Rilke dabei.

Paula übernahm nun die Position der Anstandsdame für das Aufblühen der Liebe zwischen Rilke und Clara. Sie beobachtete die scheue Annäherung und glaubte sie zu billigen.

Und dennoch war es ein Schock, als die beiden ihr im Februar 1901 strahlend ihre Verlobung mitteilten. Paula wusste auch jetzt genau, dass sie kein Recht auf Gefühle hatte, deren Ursprung ihr selbst rätselhaft war. Dennoch konnte sie die Freude nur mit allergrößter Anstrengung heucheln, verabschiedete sich, sobald es ging, ohne Verdacht zu erregen, und lief durch einen heftigen Schneesturm zu ihrer Unterkunft, als wollte sie es darauf anlegen, krank zu werden. Ich werde nie glücklich sein, dachte sie wieder und wieder im Rhythmus der im Schnee knirschenden Schritte.

Ich
werde
nie
glücklich
sein

Zwei Stunden später kam sie an. Von oben bis unten schneebedeckt, mit starr gefrorenen Locken, die unter ihrem Kapotthut herausschauten. Kramte mit klammen Fingern den schweren Hausschlüssel aus ihrer Tasche und drückte die massive Tür auf. Als sie hinter ihr ins Schloss fiel, blieb Paula einen Moment lang stehen. Sie sah nach oben. Über dem Treppenabsatz befand sich ein großes Fenster aus Buntglas, das sie an die evangelischen Kirchen ihrer Heimat erinnerte. Es zeigte eine Landschaft mit Kühen, Pferden und Schafen und im Hintergrund ein paar Tannen. Wenn die Sonne schien, leuchtete die Landschaft, und Paula bekam Heimweh. Jetzt waren die Farben so dumpf wie ihre Stimmung.

Langsam stieg sie die Treppe hoch, die unter ihren Schritten krächzte und ächzte, als wollte sie Paula ihre eigene krächzend-ächzende Tristesse noch einmal so richtig zu Bewusstsein bringen. Im dritten Stock angekommen, stellte Paula fest, dass der Schlüssel von innen steckte und sie also läuten musste, was sie lieber vermieden hätte, denn ihre Vermieterin war eine geschwätzige Berlinerin, und wenn man klingelte, entkam man ihr nur schlecht wieder.

So saß sie zwei Minuten später in der Küche bei einer heißen Tasse Tee mit einer ordentlichen Portion Schnaps darin, eingehüllt in eine kratzige, warme Wolldecke, und zitterte immer noch.

Ihr gegenüber hockte Frau Strelitzer auf einem Schemel und trank ebenfalls Schnaps, allerdings ohne Tee. Sie trug ein langes graues Kleid und darüber wie jeden Tag eine dunkelblaue, perfekt gebügelte Kittelschürze, von der sie vermutlich eine ganze Sammlung in ihrem Kleiderschrank hängen hatte. Frau Strelitzers Gesicht war rot und dick und grob und also wirklich in jeder Hinsicht unschön, aber dafür hatte sie ein Grinsen, das Paula mochte, obwohl (oder gerade weil) ihr Vater es ordinär fand und Paula bei seinem letzten Besuch auch deswegen überreden wollte, zu Verwandten zu ziehen.

Aber Paula hatte sich geweigert. Das hier war ihr letztes Stückchen Freiheit, und sie gedachte es zu genießen.

»Dit Bild in Ihrem Zimmer, Frollein«, sagte die Wirtin plötzlich.

Paula sah sie überrascht an. Sie hatte nur eins mitgenommen: das Porträt von Marleen.

»Gefällt es Ihnen?«, fragte sie.

»Weeß nich. Dit Kind is so blass.«

»Ja, das stimmt.«

»Und guckt so.«

»Wie denn?«

»Na, wie ’n Kind eben nich guckt.«

»Außer es ist ein sehr besonderes Kind.«

»Wie – besonders?«

Paula musste an den letzten Brief von Marleen denken, in dem von Heimweh die Rede gewesen war, und seufzte. »Sehr besonders«, sagte sie. Aber was, wenn sie sich täuschte und Marleen ganz normal war und einfach nur wegwollte aus dieser Schule in Bremen und zurück zu ihrer Familie? Was, wenn sich Paula das alles nur eingeredet hatte mit der Hochbegabung, die man unbedingt zu fördern hatte?

Frau Strelitzer schenkte sich ein neues Glas ein und hob die Flasche mit einer fragenden Geste in Paulas Richtung. Paula wollte Nein sagen, aber dann schob sie doch die halb volle Teetasse ihrer Wirtin hin.

»Freun Sie sich schon uff Ihre Hochzeit?«, fragte Frau Strelitzer, während sie die Tasse bis zum Rand auffüllte.

»Freuen?«

»Na sicher! Tun Sie doch, oder?«

Vermutlich hatte sie die Frage bloß gestellt, um das Gespräch irgendwie in Gang zu halten, doch dann brachen irgendwelche Dämme in Paula, von denen sie gar nicht gewusst hatte, dass sie bestanden hatten, und sie redete und redete und redete vom letzten Jahr, in dem, wenn man so wollte, kein Stein auf dem anderen geblieben war.

Von ihren Zweifeln und ihren Ängsten. Und dass nichts war, wie es schien.

Eine halbe Stunde später fand sie sich am sehr weichen und voluminösen Busen von Frau Strelitzer wieder, die ihr mit erstaunlicher Zartheit übers Haar streichelte.

»Sie sind doch ein großes Mädel«, sagte Frau Strelitzer schließlich.

Paula wischte sich die Augen und befreite sich behutsam aus der wohltuenden, jedoch auf die Dauer etwas erstickenden Umarmung.

»So fühle ich mich aber nicht«, sagte sie und schnäuzte sich in ihr Taschentuch.

»Sind Sie aber. Und denn dit mit die Malerei und so, und denn sieht dit nich mal hübsch aus, wat Sie so malen. Interessant schon, aber hübsch is anders. Die Männer, die sind dit nicht jewöhnt. 'ne Frau, die malt und die … Ick weeß nich …«

»Was denn?«

»Na, Sie sind so janz.«

»*Ganz?*«

»Ja, als ob Sie gar keen' Mann brauchen würden. Als ob Sie dit allet alleene wuppen könnten. Und denn können Sie dit aber jar nich. Sie können ja nich mal richtig Ordnung halten. Nich mal in so 'nem kleenen Zimmer wie dem da.«

Paula senkte den Kopf wie ein gescholtenes Kind. »Ich probier's ja«, sagte sie kläglich.

»Sollen Sie aba jar nich. Sonst sind Se wie die andern. Die Männer, die mögen dit andere. Nur eben … nich immer zu Hause. Da muss man sie langsam zu erziehen.«

Paula nickte und kippte einen weiteren Klaren. Ihr war jetzt warm und behaglich und so, als könnte ihr nie mehr etwas passieren.

»Na ja«, sagte Frau Strelitzer. »Männer sind komisch, wa? Nu jehn Se mal zu Bette. Ihr Bräutigam, der wird sich schon an Sie jewöhnen, an Sie und ihre komische Art. Schließlich sind Sie 'n hübschet Ding, wenn ooch nich Ihre Bilder. Dit unterschätzt man immer.«

»Was?«

»Na, erstens wollen Männer wat Hübschet im Haus.

Und denn die Macht der Jewohnheit. Mein Mann hat sich ooch an mich jewöhnt und an meene Fisimatenten. Und denn is er doch jestorben.«

»An Ihren Fisimatenten?«

Frau Strelitzer wirkte einen Moment lang verletzt – und grinste dann doch, weil das Leben zu kurz war, um beleidigt zu sein. »Der Arzt hat jesacht, Herzschlag, wa? Aber wer weeß dit schon?«

Am nächsten Morgen klingelte es gegen elf an der Wohnung, und anschließend klopfte es an Paulas Zimmertür. Paula in ihrem weißen Nachthemd, das sie eigentlich schon vor drei Tagen hatte wechseln wollen, öffnete gähnend. Zu allem Überfluss hatte sie, beschwipst, wie sie gestern gewesen war, nachts ihre Haare nicht geflochten, und so hingen sie ihr nun üppig und wirr ins Gesicht.

»Du bist so schön«, sagte ein Mann, der sich – Paulas Blick war noch etwas verhangen – als Otto herausstellte. Sein rötlicher Spitzbart war voller schmelzender Schneeflocken, von seinem Hut, den er in der Hand hielt, tropfte es auf den dunklen Dielenboden.

»Otto!«

»Meine Liebste!«

»Was machst du denn hier?«

»Stell dir vor, ich hatte Sehnsucht nach meiner künftigen Frau.«

»Warum hast du mir nicht geschrieben? Ich hätte …«

»Ich wollte dich überraschen.«

»Und dann triffst du eine verschlampte Trine an …«

»Ach was!«

»… die um elf Uhr noch nicht mal ansatzweise präsentabel ist! Tut mir wirklich leid!«

»Mir nicht«, sagte Otto. Und dann schob er Paula in ihr Zimmer zurück und küsste sie so, wie ein Mann seine künftige Frau küssen sollte.

Oder jedenfalls beinahe.

Und alles war endlich gut.

Clara Westhoff und Rainer Maria Rilke heiraten am 28. April 1901.
Sie gehen anschließend auf Reisen und lassen sich erst im August in Westerwede nieder.
Aus nicht geklärten Gründen meidet Clara Paula von dieser Zeit an, was Paula sehr unglücklich macht, doch Clara offenbar so will. Von ihrer Freundschaft ist nicht viel übrig geblieben. Auch am gesellschaftlichen Leben rund um den Barkenhoff nimmt das Ehepaar Rilke kaum teil.

Paula Becker und Otto Modersohn heiraten am 25. Mai 1901 in der Wohnung von Paulas Eltern in Bremen. Nach einer fast vierwöchigen Hochzeitsreise, die sie unter anderem nach Prag und München führt, kommen sie am 19. Juni in Worpswede an. In den kommenden Jahren bleibt das ihr Lebensmittelpunkt. Paula malt unermüdlich weiter, doch der öffentliche Erfolg bleibt ihr trotz Ottos Unterstützung versagt. Auch die anderen Worpsweder ignorieren hartnäckig ihr Talent. Zu Lebzeiten verkauft sie nicht einmal zehn Bilder. Es passiert also genau das, was sie befürchtet hat: Erst nach ihrem Tod beginnt ihr internationaler Ruhm (eins ihrer Porträts hängt heute im New Yorker Museum of Modern Art).

Fünf Jahre nach ihrer Hochzeit verlässt sie den todunglücklichen Otto mit dem festen Entschluss, sich von ihm scheiden zu lassen.

Sie geht nach Paris, um ein neues Leben als Frau und Künstlerin zu beginnen, fühlt sich dort lebendig und kreativ wie nie, kehrt allerdings nach ein paar Monaten der Freiheit zu Otto zurück.

Doch das ist eine andere Geschichte.

Ende

Die atemberaubende Geschichte und der Zerfall einer Adelsfamilie Anfang des 20. Jahrhunderts

SOPHIA von DAHLWITZ

Das Licht zwischen den Zeiten

Roman

Westpreußen 1918. Nach dem verlorenen Ersten Weltkrieg erschüttern politische Kämpfe das Deutsche Reich. Auf Gut Frommberg, dem Stammsitz der Familie von Dahlwitz, scheint die Welt dagegen noch in Ordnung zu sein. Nur langsam entgleitet den Eltern Donata und Heinrich der sorgsam gehütete Frieden. Ihre Tochter Helen verliebt sich auf skandalträchtige Weise in ihren Adoptivbruder Georg, und Helens Schwester Rudela wählt mit ihrem Cousin Justus zwar standesgemäß, doch niemand ahnt, welche Gesinnung der junge Leutnant tatsächlich vertritt.

Der psychologisch vielschichtige Roman basiert auf der Familiengeschichte der Autorin.

DROEMER

Sie war die Muse Claude Monets. Er war ihr Schicksal.

STEPHANIE COWELL

Die Frau im grünen Kleid

Roman

Frankreich zu Beginn des 20. Jahrhunderts. Ein gealterter Claude Monet blickt auf sein Leben zurück. Eben setzt die Dämmerung ein, als ihn der Schein einer Schaufensterlampe in eine Pariser Buchhandlung lockt. Dort sieht er sie zum ersten Mal: Camille Doncieux, das Mädchen aus reichem Hause. Monet ist noch unbekannt und bettelarm, aber er weiß, dass er sie malen muss. Camille steht ihm Modell, wird seine Muse – und schließlich die Liebe seines Lebens. Für Monet gibt Camille alles auf, glaubt an ihn und seine Malerei wie niemand sonst. Doch statt des schillernden Lebens der Bohème erwarten sie Entbehrungen und Einsamkeit, wenn Monet über seine maßlose Leidenschaft für die Malerei alles andere vergisst. Und so wird ihre Liebe auf mehr als eine harte Probe gestellt.

Stephanie Cowell, selbst Tochter zweier Künstler, hat mit ihrem wunderbar atmosphärischen Künstlerroman dem bekanntesten Vertreter der impressionistischen Malerei, Claude Monet, und seiner großen Liebe ein schillerndes Denkmal gesetzt.

DROEMER